Ramona Lopez

Ein Koffer voller Geld

AF236382

Ramona Lopez

Ein Koffer voller Geld

Roman

1.Auflage

Copyright 2022 Ramona Lopez

Umschlaggestaltung: Thorsten Hannemann

Titelbild: Dr. Nina-Li Brenner

Satz: Ramona Lopez

Melanie Hannemann, Stephanie Trentepohl

ISBN: 9783756232994

Herstellung und Verlag: BoD – Books on Demand, Norderstedt

Jeder Mensch hat eine Geschichte zu erzählen und heute erzähle ich meine....

Mit einem Koffer voller Geld stand ich am Bahnsteig. Tränen rannen an meiner Wange herunter. Es hatte sich anfangs so leicht angehört. Ich hatte einen Auftrag und den habe ich ausgeführt. Es war alles nach Plan verlaufen. Ich hatte eins leider nicht mit eingeplant und das waren meine Gefühle...

Ich hatte meinem alten Leben den Rücken gekehrt. Über Nacht war ich mit einem kleinen Koffer aus Hamburg verschwunden. 7 Jahre hatte ich dort im Escort Service gearbeitet. Vor jedem Auftrag habe ich mir gesagt „Heute ist es das letzte Mal, dann nehme ich die Kohle und haue ab..."
Nie hatte ich das durchgezogen, aber nachdem unser Auftrag so schrecklich gelaufen war, hatte ich meinen

Auftraggeber bestohlen und war einfach in den nächsten Zug gestiegen.

Ich war 400 Kilometer weit weg und bereits nach Tagen holte mich meine Vergangenheit wieder ein.

Eines Morgens stand ich in einer Bäckerei, als mir jemand auf die Schulter tippte. Ohne einen weiteren Gedanken daran zu verschwenden, dass ich hier ja eigentlich niemanden kannte, drehte ich mich um.

Innerhalb von einer Sekunde auf die andere standen Schweißperlen auf meiner Stirn. „Hallo Stella, was machst du denn hier?", ich sah mich hektisch um und rannte aus dem Laden. Weit kam ich nicht. Ich stolperte über eine Kante und fiel auf den Bordstein. Ich wurde am Arm hochgezogen und in eine dunkele Ecke gezerrt.

„Du hast meinen Bruder bestohlen, was machst du hier?"

Beatrix war die Schwester meines Auftraggebers. Früher hatten wir zusammen im Escort gearbeitet, aber sie war schwanger geworden und ihr Bruder hatte sie von dieser Arbeit abgezogen. Von heute auf morgen war sie damals einfach verschwunden. Wir hatten uns die schlimmsten

Dinge ausgemalt. Dass ich sie nochmal wieder sehen würde, hatte ich nicht gedacht.

Sie schaute mich finster an und fing plötzlich an zu grinsen.

Beatrix war skrupellos.

„Ich werde wohl Toni anrufen müssen..."

Ich flehte sie an, es nicht zu tun. Warum ich es versuchte, wusste ich nicht. Denn Beatrix vom Gegenteil zu überzeugen, schaffte niemand.

„Es sein denn, du tust mir einen Gefallen!"

Ich nickte aufgeregt.

„Wo wohnst du? Ich komme heute Abend zu dir und wir besprechen alles."

Ohne weiter darüber nachzudenken, nannte ich ihr die Adresse. Mir war alles lieber, als von Tonis Männern wieder abgeholt zu werden. Denn dies würde ich wahrscheinlich nicht überleben.

Abends kam Beatrix zu mir. Stunden vorher war ich schon aufgeregt in meiner Wohnung herum gelaufen. Das

Klingeln an der Tür ließ mich kurz aufschrecken. Vorsichtig drückte ich auf den Türöffner.

Elegant schlich sie die Treppe herauf. Sie war schwarz gekleidet und trug einen Pullover mit Spitze. Sie sah aus wie ein Todesengel. Ohne irgendetwas zu sagen, ging sie an mir vorbei in meine Wohnung. Ihr Blick war auf mich gerichtet, er war so durchdringend und ernst. Ihr Parfüm drang sofort in meine Nase, ich schloss die Augen und meine Kehle schnürte sich zu. Dies war der Duft meiner Vergangenheit. Es erinnerte mich an Abende, die grauenhaft waren. Männer, die keine Grenzen kannten, sich nahmen was sie wollten, schließlich hatten sie ja dafür bezahlt. Toni und seine Männer interessierte das alles nicht. Anfangs saß ich jeden Morgen an seinem Schreibtisch und erzählte ihm was passiert war. Aber er zuckte nur die Schultern und kommentierte dies mit „Sie haben bezahlt, Honey..."

Dieser Satz hallte jedes Mal wieder in meinem Kopf, wenn die Männer uns gegen unseren Willen festhielten und Sachen von uns verlangten, die einfach ekelhaft waren. Meistens saßen ihre Frauen zuhause und wussten von gar nichts, noch nicht mal von ihrer Vorliebe für Gewalt und Erniedrigung.

Wie konnte es nur so weit kommen? Fast wöchentlich musste eines der Mädchen ins Krankenhaus. Wegen irgendwelcher Geschlechtskrankheiten oder manchmal auch illegaler Schwangerschaftsabbrüche. Es war eine Versklavung. Menschenhandel. Ich wusste, dass ich, wenn ich nicht abhauen würde, irgendwann mit dem Leben bezahlen müsste.

Anfangs entstanden Freundschaften, trotz der Rivalität. Aber wir lernte schnell, dass eine Freundschaft uns bei dieser Arbeit nur im Weg stand.

Ich ging in die Wohnung. Beatrix saß bereits mit überschlagenen Beinen auf meiner Couch.

„Schön hast du es hier.", sagte sie und ich spürte, dass sie das eigentlich ganz anders sah. Ich hatte die ersten Möbel im Sozialkaufhaus gekauft. Ich wusste noch nicht, ob ich hier bleiben würde. Falls Tonis Männer mich hier fanden, müsste ich schnell weiterziehen.

„Möchtest du etwas trinken?"

Sie schaute mich musternd an.

„Champagner, wenn du hast!"

Ich lächelte und mit den Worten „Natürlich nicht!", setze ich mich auf die Couch und versuchte Selbstbewusst zu wirken.

„Also raus mit der Sprache, was möchtest du von mir?"

Beatrix löste ihre verspannte Haltung und beugte sich vor.

Sie machte mir ein Angebot.

„Stella, ich bin krank und ich möchte, dass du dich um meinen Mann kümmerst. Bring ihn auf andere Gedanken, löse ihn von mir, damit der Verlust und der Schmerz nicht so groß für ihn ist. Wenn du es schaffst, dass er sich emotional von mir lösen kann, überreiche ich dir einen Koffer, einen Koffer voller Geld. 200.000€."

Dieses Angebot war verlockend, aber irgendwo würde ein Haken sein. Ich sah ihr lange in die Augen. Der Plan klang zu einfach und einfach war bei Beatrix eigentlich nichts.

Es hörte sich leicht an Männer zu verführen, war mein Job gewesen. Dabei wollte ich doch jetzt ein normales Leben führen. Ich versuchte Pro und Contra im Kopf gegenüber zu stellen. Aber die Angst, dass Toni hier stehen würde, überwog alles. Ich hatte keine andere Wahl und genau das wusste Beatrix. Ich versicherte ihr, dass ich es durchziehen würde.

Am nächsten Tag sollte es schon starten. Ich hatte die ganze Nacht nicht geschlafen. Meine Gedanken drehten sich im Kopf.

Morgens stand ich gerädert auf und machte mich fertig.

Mit dem Auto, das ich für 1000 € gekauft hatte, fuhr ich los. Dieses Auto stank und klapperte. Beim Kauf merkte ich schnell, dass der Verkäufer mich über den Tisch ziehen wollte. Er hatte es für 2500 € angeboten und die bearbeiteten Bilder in der Verkaufsanzeige hochgeladen. Beim ersten Blick auf das Auto wollte ich kehrt machen, aber der Verkäufer versuchte mich zu überzeugen, dass das Auto in Ordnung war. Er war nervös und wirkte hektisch. Diese Art kannte ich von manchen meiner Mädchen, er war auf Turkey und brauchte das Geld. Es war ein leichtes ihn davon zu überzeugen, dass es besser für ihn wäre, wenn er jetzt 1000 € von mir bekommt und los ziehen konnte, als wenn er auf den nächsten Käufer warten würde. Er willigte ein und war froh, dass ich ihm das Geld in Bar gegeben hatte.

Toni hasste es, wenn Mädchen abhängig wurden, dann waren sie für ihn weniger wert. Keiner der Männer wollte ein zerstochenes Mädchen haben. Wir nahmen damals oft Koks oder Speed, aber die wenigstens Heroin. Anders hielt man diese Qualen nicht aus. Wir hatten häufig gesehen, wie es endete. Entweder man trank an dem Abend einfach viel oder schmiss vorher etwas ein. Obwohl letzteres meistens einen besseren Ausgang hatte und am nächsten Tag weniger Kopfschmerzen mit sich brachte. Irgendwann wurde es zur Gewohnheit. Manchmal brachten unsere Kunden uns schon etwas mit, damit wir gefügiger wurden und uns weniger wehrten. Toni hatte das schnell heraus bekommen und uns verboten, etwas von anderen zu nehmen. Wir versuchten es einfach zu verheimlichen, denn ohne etwas ging es bei den meisten schon nicht mehr.

Meine Gedanken drehten sich immer und immer wieder um diese Zeit, zu lange war ich einfach gefangen in diesem Hamsterrad. Aber jetzt hatte ich eine

Chance,mein Leben selbst in die Hand zunehmen und Entscheidungen zu treffen. Nur noch dieser einzige kleine Fall und dann würde ich das Geld nehmen und mich einfach wieder auf den Weg machen.

Ich konzentrierte mich auf meinen Auftrag.

Jetzt war es gut, dass ich diese Schrottlaube hatte, denn ich musste in eine Werkstatt. In eine Autowerkstatt. Die beste Rolle, die ich dort spielen konnte, war die arme Frau mit dem kaputten Auto.

2

Als ich auf den Parkplatz fuhr, schaute ich mich um. Der ganze Hof war mit Kameras ausgestattet. Das hieß, dass Beatrix mich jetzt sehen würde. Ich konnte mir genau vorstellen, wie sie vor ihrem Laptop oder Handy saß und mir zu schaute..

Ich stieg aus und atmete durch. Ich hatte mich leger gekleidet. Schwarze enge Hose und weißes Top. Meine übergroße Sonnenbrille verdeckte die Hälfte meines Gesichtes. Als ich an der Werkstatt vorbei ging, schauten die Männer mir nach. Das genoss ich.

Vorsichtig öffnete ich die Glastür und stand am Tresen. Es war niemand zu sehen. Eine kleine Klingel stand vor mir auf dem Tisch. Ich drückte vorsichtig drauf. Innerhalb von Sekunden öffnete sich die Tür hinter dem Tresen und ein Mann betrat den Raum. Er wischte seine öligen Hände mit einem Tuch ab. Mein Herz raste und ich war aufgeregt. Ob er es wohl war? Er war einfach unglaublich anziehend.

Mit seinen Händen stützte er sich auf dem Tresen ab und zwinkerte mir zu.

„Hi, wie kann ich dir helfen?"

Seine Stimme war so dunkel und rau, einfach nur schön.

Ich starrte ihn an.

„Ähm, hi. Mein Auto ist kaputt."

Er schmunzelte.

„Ach so, ok. Ich dachte du wolltest unser Frühstück bringen!"

Und schon kam er vom Tresen vor und ging durch die Eingangstür.

„Wo steht denn dein Baby?"

Ich zeigte direkt vor die Tür. Er winkte mich zu ihm.

Zusammen machte wir uns auf den Weg zum Auto. Er hielt mir die Hand hin und verlangte den Schlüssel.

Selbstsicher öffnete er die Motorhaube.

„Naja, Schätzchen. Der stinkt ziemlich nach Benzin und mit dem Ölstand ist auch etwas nicht in Ordnung. Ich fahre den mal rein. Setz du dich vorne hin. Dort steht Kaffee oder Tee. Bedien dich. Ich komme gleich nach."

Diese Stimme und seine direkte Art gefiel mir direkt.

Ich drehte mich um und ging zurück zum Eingang. In der Scheibe sah ich, dass er mir nachsah. Er hatte also angebissen. Eine junge unschuldige Frau mit einem kaputten Auto, das musste er doch schlucken.

Drin nahm ich mir ein Kaffee und setze mich. Ich sah mich um und suchte eine Zeitung oder irgendwas, mit dem ich mir die Zeit vertreiben konnte. Es waren natürlich nur Autozeitungen hier. Damit konnte ich nichts anfangen. Langsam zog ich mein Handy aus der Jeanshose und durchforstete das Internet. Ich musste mich hier erst mal zurecht finden und schaute nach Locations. Der Drang etwas unter Leute zu kommen, Freunde zu finden und mein Leben neu aufzubauen war sehr groß. Ich war ein direkter Mensch und hatte nie Schwierigkeiten, neue Bekanntschaften zu finden. Es machte mir Spaß herauszufinden, wie Menschen tickten und wie ihr Leben bisher verlaufen war.

„Also wir gehen freitags nach Feierabend immer ins Denkmal. Das ist eine Bar in der Nähe vom Bahnhof."

Verdutzt schaute ich hoch und er stand vor mir. Mein Blick ging über seine Beine und blieb an seinem Gürtel hängen. Er trug einen Ledergürtel mit einer großen Totenkopfmaske. Das passt irgendwie nicht zu ihm und ich lächelte. Dann ging meine Blick weiter zu seinem Gesicht. Ich schüttelte den Kopf und stand auf.

„Gefällt dir etwa mein Gürtel nicht?". Ich lachte nur.

Er zog an seinem Gürtel und machte kehrt. „Komm mal mit!", sagte er und winkte mich zu ihm und ich folgte ihm in die Werkstatt.

„Ich möchte dir gerne etwas zeigen", sagte er.

Wir betraten die Werkstatt. Hier stank es nach Öl und Schweiß.

Die Jungs in der Werkstatt sahen kurz hoch. Doch niemand sagte etwas. Es lief leise Musik im Hintergrund.

Er ging vor mir und ich musterte ihn. Er hatte ein unglaublich breites Kreuz und eine Tätowierung auf dem Oberarm. Wie er durch die Werkstatt stolzierte, ließ mich darauf schließen, dass es auch seine Werkstatt war. Ich zuckte zusammen, als einer seiner Mitarbeiter etwas auf dem Boden fallen ließ und sah mich um. Dieses Geräusch von klirrenden Metall auf einem Betonboden ließ eine Erinnerung in mir hochkommen, die schrecklich war. Aber ich schob diesen Gedanken schnell wieder weg. Doch innerhalb von Sekunden schossen viele Gedanken in meinen Kopf, ob mir professionelle Hilfe wie ein Psychologe oder eine Selbsthilfegruppe weiterhelfen konnten? Denn irgendwann musste ich das Geschehene verarbeiten. Sonst würde meine Vergangenheit mich immer wieder einholen. Ich wollte nicht zum Arzt gehen. Zu groß war die Angst, dass Toni mich dadurch ausfindig machen könnte. Aber alleine würde ich diese Situationen nie vergessen können.

Der Mitarbeiter hob entschuldigend die Hand und ging seiner Arbeit weiter nach.

Mein Blick ging wieder nach vorne. Ich hatte nicht gemerkt, dass er stehen geblieben war und lief ihm fast in die Arme.

Peinlich berührt wäre ich am liebsten im Boden versunken.

Lachend schüttelte er den Kopf. Mein Auto war bereits aufgebockt und er nahm einen Schraubenzieher in die Hand.

„Siehst du das hier?" und er klopfte mit dem Schraubenzieher auf irgendetwas silbernes. Es sah aus wie eine Blechschüssel. Ich sah ihn nur fragend an.

„Du hast ein kleines Loch in der Ölwanne. Du brauchst eine neue, wir können sie dir bestellen. Ich weiß nicht, wie du auf dein Auto angewiesen bist. Außerdem haben wir ein Problem mit deinem Turbo. Der ist kaputt, deshalb pfeift der so. Der Auspuff hat ein Loch und muss gewechselt werden. Wir würden dann direkt einen Ölwechsel machen und neue Reifen braucht dein Baby auch. Dann sollten direkt die Bremsklötze und hinten auch die Scheiben gewechselt werden. Deine Scheibenwischer müssen ausgetauscht werden und ein Thermostat ist kaputt."

Ich hatte das Gefühl, dass er gar nicht aufhörte irgendwelche Reparaturen aufzuzählen. Ich überlegte kurz. Ich brauchte ja Zeit, um ihn kennenzulernen. Ich musste ihn irgendwie auf meine Seite bringen.

„Du bist doch hier der Fachmann. Was würdest du mir raten?"

Er grinste schief und pfiff einmal laut.

Einer seiner Mitarbeiter kam auf uns zu und rieb seine Hände an einem dreckigen Lappen ab.

„Pietro, wir haben ja dieses Rostloch in der Ölwanne. Gibt es eine Möglichkeit das heute fertig zu machen?"

Seine Tonlage gab das Gefühl, dass das gar keine Frage war.

Pietro schaute auf die Uhr.

„Ich muss die Ölwanne abbauen und eine neue bestellen. Wir haben jetzt 12 Uhr. Das werde ich leider nicht mehr schaffen! Ich kann es morgen dazwischen schieben. Wir können das Auto noch hier stehen lassen und unser Azubi bringt sie nach Hause. Sie kommt morgen wieder und das Auto ist fertig."

Es fühlte sich komisch an, dass er über mich sprach, als ob ich gar nicht anwesend war. Mein Blick wechselte zwischen den beiden. Mir wäre es lieber gewesen, wenn er mich weggebracht hätte, dann hätte ich eine

Möglichkeit gehabt, sein Vertrauen zu gewinnen. Mein Blick ging zu Pietro.

„Was kosten mich die ganzen Reparaturen denn? Finanziell ist es bei mir im Moment nicht so leicht. Ich habe keinen Job und bin gerade erst hergezogen Ich bin nicht so unbedingt auf mein Auto angewiesen, aber trotzdem ist es natürlich blöd, wenn es die ganze Zeit Öl verliert."

Meine Stimme zitterte leicht. Pietro sah mit zusammen verkniffenen Augen seinen Chef an.

„Wenn du mir einen Gefallen tust, dann geht es aufs Haus!"

Aufregung erfüllte mich. Einen Gefallen tun? Was er wohl meinte?

Ohne weiter darüber nachzudenken, ließ ich mich einfach drauf ein. Ich hatte ja nichts zu verlieren.

„Okay also gut. Was für einen Gefallen soll ich dir denn tun?"

Er machte nur eine Handbewegung.

„Bei uns ist ziemlich viel liegen geblieben. Meine Frau hat normalerweise unsere Bürosachen immer gemacht,

aber sie ist krank geworden und aufgrund dessen über-
häuft uns dieser ganze Papierkram. Du würdest mir einen
Gefallen tun, wenn du die Sachen für mich einsortierst
und bearbeitest. Das würde heißen, dass du mir jetzt die
nächsten fünf Tage aushilfst, dann mache ich die
Reparatur auf jeden Fall umsonst."
Das war genau das, was ich brauchte. Jetzt hatte ich die
Möglichkeit ihm nahe zu sein und ihn um den Finger zu
wickeln.
Ich musste in diesem Moment professionell bleiben und
nahm sein Angebot an. Ich folgte ihm in sein Büro. Wir
gingen fünf Metallstufen hoch und ich war froh, dass ich
mich dafür entschieden hatte keinen Absatz bei den
Schuhen gewählt zu haben. Sonst hätte es in einer
Katastrophe geendet. Ich betrat das Büro. Es stank nach
Zigarettenqualm. Das Verlangen das Fenster sofort zu
öffnen war unglaublich groß. Aber ich kannte mich hier
nicht aus und wollte ihn jetzt nicht überrumpeln. Die
Fenster waren verdreckt und der Boden lag voller Pa-
pierschnipsel. Wahrscheinlich hatte auch die Putzfrau
gekündigt. Der ganze Schreibtisch war voller Papiere. Ich

war fassungslos und bereute meine Entscheidung etwas. Mit einer Woche, würde ich mit Sicherheit gar nicht auskommen.

Er merkte mein Unbehagen und versuchte sich raus zureden.

„Es ist immer noch deine eigene Entscheidung...."

Es war wahrscheinlich die einzige Chance, die ich hatte.

„Aber falls du es machst, habe ich hier meine ganzen Ordner. Du kannst dich gerne umsehen. Sobald es fertig ist, kannst du das Auto direkt mitnehmen. Aber es müsste in fünf Tagen erledigt sein, ich muss heute noch eine Anzeige aufgeben und eine Lösung für das Problem suchen. Hauptsache ist, dass die Rechnungen reingehen, denn im Moment kümmert sich niemand darum. Der PC ist nicht passwortgeschützt, das heißt, du kannst direkt darauf zugreifen. Wenn du Fragen hast, dann ruf mich unter der 11 an und Pietro erreichst du unter der 121. Er ist mein Werkstattleiter, er kümmert sich hier um alles und es ist meine Werkstatt, also wenn irgendwas ist, dann ruf uns an oder komm rüber. Wundere dich nicht, meistens kommen meine Mitarbeiter hier rein und rauchen sich schnell eine oder machen ihre Pause hier, damit die Kunden das draußen nicht sehen."

Das hatte ich ja schon vermutet.

Er wollte gerade das Büro verlassen und schlug sich an die Stirn. Ich dachte erst, dass er ein Rückzieher machen würde. Dann kam er auf mich zu und hielt mir die Hand hin.

„Ich bin übrigens Silvio Gomez da Silva. Aber alle nennen mich Sio. Wie heißt du überhaupt?"

Meine Güte, was ein schöner Name. Ich ergriff seine Hand. Sie war so stark und trotzdem weich. Mit meinem Daumen strich ich ihm über die Hand.

„Meine Name ist Stella."

Wir schauten uns lange in die Augen und ich spürte mein Herz schnell schlagen. Mein Blick ging an seine Stirn. Er hatte einen Abdruck von seiner Hand darauf und ich musste lachen. Verdutzt sah er mich an. Ich hatte in Erinnerung, dass eine Packung Feuchttücher auf dem dem Tisch lag. Vorsichtig strich ihm über die Stirn und wusch den Abdruck ab. Er schloss die Augen und es sah für einen kurzen Moment so aus, als ob er diese

Berührung genießen würde. Ich hatte eins meiner besten Parfüms aufgetragen.

„So, so bist du wieder ausgehfertig."

Er öffnete die Augen und sah mich verträumt an. Ich lächelte unsicher. Ohne ein weiteres Wort machte er sich auf den Weg zurück in die Werkstatt. Dann drehte er sich noch einmal um.

„Mach meine Leute mit diesem Parfüm nicht verrückt!" und dann ging er.

Er hatte angebissen und ich freute mich.

Ich ließ mich auf den Stuhl fallen und schaltete den PC an. Ich sah mich kurz um und atmete durch. Dieses Schauspiel hatte mich ganz schön angestrengt. Es hatte sich aber gelohnt. Ich hatte es geschafft, dass Silvio mir vertraute und das sogar schneller als gedacht. Beatrix musste gewusst haben, dass Sio jemanden für das Büro suchte und mich deshalb her geschickt. Ich war jedenfalls froh, dass es doch leichter verlief als ich Anfangs gedacht hatte.

Der Ekel über diesen Gestank im Büro überkam mich wieder und ich fing an zu würgen. Mein Griff ging direkt zum Fenster und die Luft strömte sofort ins Büro. Ich wusste gar nicht, wo ich bei diesem Chaos anfangen sollte. Ich fing erst einmal an, die Blätter nach Monaten zu sortieren und dann nach Tagen. Die Rechnungen die geschrieben wurden, hatten immer eine Quittung dabei. Die meisten waren aber nicht unterschrieben. Das hieße ja, die Rechnungen wurden geschrieben, aber gar nicht bezahlt. Die Reparaturen wurden umsonst gemacht.

Auf dem Schreibtisch standen Stempel. Ich suchte die Rechnungen mit Unterschriften heraus und stempelte sie. Danach heftete ich sie direkt in die Ordner ab. Bei den unbezahlten Rechnungen, suchte ich die Kontaktdaten heraus. Wenn die Zahlung länger als 14 Tage aus stand, nahm ich das Telefon in die Hand und rief den Kunden an. Die meisten waren überrascht, dass jemand aus der Werkstatt anrief. Dass die Werkstatt es überhaupt geschafft zu überleben wenn sie ihre Rechnungen nicht einforderten. Es war alles sehr chaotisch.

Irgendwann kam Silvio dann wieder. Es waren bereits Stunden vergangen und ich hatte es nicht mal bemerkt.

„Und wie läuft's?"

Ich schüttelte leicht den im Kopf und überlegte, ob ich ihn auf diese Chaos und die offenen Rechnungen ansprechen sollte.

Sein Blick war durchdringend und machte mich nervös.

Ich merke, dass er ein Vorwand gesucht hatte um in dieses Büro zu kommen.

Ich rieb meine Hände auf meinen Oberschenkeln.

„Ich bin ganz ehrlich zu dir. Wieso habt ihr die Zahlungen bei euren Kunden nicht angefordert? Ich habe jetzt mindestens fünf Kunden angerufen, die jedes Mal überrascht waren, dass ich die Gelder einforderte."

Er kniff die Augen zusammen.

„Ja, viele von unseren Kunden sind halt Kollegen und die Zahlen wenn sie können."

Das machte ihn zwar sympathisch, aber eine Werkstatt konnte dadurch niemals überstehen.

„Das hast du mir vorher nicht gesagt! Ich habe jetzt überall angerufen und gesagt, dass sie zahlen sollen..."

Er lächelte.

„Ja, ist doch gut, so zahlen sie wenigstens, sonst muss ich immer hinterherlaufen."

Mir fiel alles aus dem Gesicht, dass hieße ja, das er nur jemanden gesucht hatte, der die Drecksarbeit für ihn übernimmt. Abgesehen von dem Chaos auf diesem Tisch.

Als könnte er Gedanken lesen, grinste er und schob seine Hände in die Hosentaschen. Er ging zu seinem Regal und suchte einen Ordner heraus.

Er kam auf mich zu setzte sich auf den Tisch.

„Du sag mal, wenn du sagst, dass du gerade erst hierher gekommen bist, wo kommst du denn her?"

Diese Frage katapultierte mich wieder zurück in meine Vergangenheit. Was sollte ich denn jetzt sagen? Ich war vorher ein Escort Mädel gewesen? Das konnte ich ihm ja jetzt wohl schlecht sagen. So hätte ich wieder den Stempel auf der Stirn, obwohl das was ich hier tat, ja auch nichts anderes war. Ich bekam eine Menge Geld dafür, dass ich ihn auf meiner Seite brachte. Ich dachte kurz nach und entschied mich dann ihm eine weitere Lüge aufzutischen.

„Wie soll ich sagen, es war eine Trennung und ich wollte ein neues Leben anfangen."

Er stutze.

„Eine Trennung von einem Mann oder von einem Leben?"

Ich wollte nicht zu viel erzählen und fing an zu stottern.

„Naja, beides irgendwie..."

Ich konnte sehen, dass er angestrengt nachdachte und eine andere Antwort erwartet hatte oder mehr Informationen, die ich ihm jetzt nicht geben konnte. Er stand vom Schreibtisch auf und verließ das Büro mit den Worten „Okay, wie gesagt wenn irgendwas ist dann ruf an."

Mein Kopf war wieder auf den Schreibtisch gerichtet. So langsam kam etwas Licht in die Unterlagen, Ich hatte schon drei Ordner gefüllt und mindestens zwanzig Leute angerufen.

Mit den Unterlagen überfordert, merke ich gar nicht, dass die Tür aufgegangen war und der Werkstattleiter in der Tür stand. Er kam auf mich zu und stupste mich an. Ich erschrak und warf damit den ganzen Berg Zettel runter. Er entschuldigte sich sofort bei mir. Er wirkte direkt nervös und versuchte die Unterlagen zusammen zu sammeln und legte sie zurück auf den Schreibtisch.

„Der Chef hat einen springen lassen und wollte fragen, ob du mit uns essen möchtest oder ob ich dir das Essen hierher bringen soll!"

Ich schaute auf die Uhr es war bereits 14 Uhr. Die Zeit war so schnell verstrichen, ich hatte es gar nicht mitbekommen. Aber die Arbeit wurde trotzdem einfach nicht weniger. Müde blickte ich auf und überlegte gar nicht lange. Etwas Abwechslung würde mir gut tun. Ich stand auf und ging zusammen mit Pietro in die Werkstatt. Sie hatten die Rolltore runter gezogen und saßen alle auf Kisten. Sio zeigt auf eine Kiste neben ihm, dort lag eine Pizza.

Langsam ging ich auf die Kiste zu und nahm den Pizzakarton in die Hand. Ich hoffte nur, dass keine Meeresfrüchte drauf waren. Ich schaute einmal in die Runde. Die Mechaniker redeten laut und lachten und wirkten unglaublich vertraut. Wie eine große Familie.

„Salat hatten sie nicht. Ich hoffe, dass dir die Pizza auch schmeckt."

Jemand rief meinen Namen und ich schaute hoch. Er junger Mann mit Brille warf mir eine Bierdose zu. Ich schmunzelte wieder, aber ich spürte, dass ich mich hier wohl fühlte. Diese Menschen nahmen mich so, wie ich war, obwohl sie mich gar nicht kannten.

Ich öffnete die Dose und auch den Pizza Karton und war erleichtert, dass Pilze, Schinken, Knoblauch und Zwiebeln drauf waren.

„Der Knoblauch ist dafür, dass du mir keinen meiner Mechaniker abschleppst!"

Auch das ließ ich unkommentiert und biss genüsslich in meine Pizza.

Nach der Hälfte der Pizza merkte ich, dass ich satt war, legte meinen Pizzakarton auf den Boden und trank einen großen Schluck Bier.

Sio sah mich an und zeigte auf die Pizza. Ich schüttelte den Kopf und strich mir über den Bauch. Er zuckte die Schultern und griff auch nach meinem Karton und aß meine Pizza auf.

Irgendwann setzte sich der junge Mann neben mich, der mir das Bier gegeben hatte.

„Hi, ich bin Dennis, der Azubi hier!"

Ich nickte und sah ihn erwartungsvoll an, aber er sagte nichts mehr. Es war totenstille in der Werkstatt und alle Augen waren auf uns gerichtet.

„Was für eine Mutprobe sollst du denn bestehen?", flüsterte ich leise.

Er lief sofort rot an und sah zu Boden.

„Ich soll dich fragen, ob du mit mir ausgehen würdest."

Ich lächelte. Er war gerade erst 17 Jahre alt und ich 27. Das konnte ja nur schieflaufen. Ich wollte ihn nicht hängen lassen.

„Pass auf, du lädst mich zu deinem 18. Geburtstag ein und ich werde vorbeischauen. Das ist dann unser Date, ok?"

Ich stand auf und machte mich auf den Weg ins Büro. Ich hörte wie er zu seinen Kollegen sagte, dass ich ja gesagt hatte. An der Tür drehte ich mich nochmal um und die Mechaniker schauten mir verdutzt hinterher. Irgendwie machte sich ein mulmiges Gefühl in mir breit. Das würde noch ein Nachspiel haben.

Es dauerte keine drei Minuten und Sio stand im Büro.

„Du Stella..." ich unterbrach ihn sofort.

„Sio, es tut mir leid. Er ist 17 Jahre alt und ich habe nur gesagt, dass ich auf seinen 18. Geburtstag vorbeischaue. Wenn ich was anderes gesagt hätte, dann hätten sie ihn ausgelacht..."

Er setzte sich auf den Schreibtisch und grinste mich an.

Er ließ mich einfach immer weiter sprechen und verschränkte die Arme. Sein Grinsen wurde immer breiter und das machte mich unsicher. Nun verschränkte ich die Arme und sah ihn an.

„Du wolltest etwas ganz anderes sagen, oder?"

Er nickte und stand auf.

„Ich wollte nur sagen, dass ich Mittwoch früh einen Termin bei einem Auto mit Unfallschaden habe und möchte dich gerne mitnehmen. Ich brauche jemanden, der alles aufschreibt und mir einen Bericht fertigstellt."

Ich schlug mir die Hände vor mein Gesicht und sah ihn durch meine Finger an. Jetzt musste ich auch lachen.

„Ach und Stella, Beziehungen unter meinen Mitarbeitern akzeptiere ich nicht...", er lachte und verließ das Büro.

Sio und ich kannten uns gerade mal ein paar Stunden und trotzdem nahm er mich schon mit zu einem Auftrag. Irgendwie war da etwas zwischen uns. Eine gewisse Vertrautheit. Ich konnte es mir nicht erklären, aber es war so, als ob wir uns schon lange kannten.

Es war Stille, niemand betrat mehr das Büro. Ich war so in meine Arbeit vertieft, dass ich gar nicht merkte, dass es dunkel wurde. Plötzlich sprang die Deckenbeleuchtung an und ich erschrak. Sio stand wieder im Büro, mein Blick ging zur Uhr. Es war 18:30 Uhr.

„Wir machen Feierabend. Die Jungs sind weg. Ich schließe ab und bringe dich dann nach Hause, ok?"

Ich packte die letzten Sachen zusammen und machte den PC aus. Ich hatte einiges geschafft heute.

Wir gingen wortlos über den Platz und ich spürte wie müde ich war. Ich wollte nur noch in die Wanne und mich dann auf meine Couch fallen lassen. In meinem ganzen Leben war ich noch nie einem richtigen Job nachgegangen. Es fühlte sich schön, aber auch un- glaublich anstrengend an. Ich war gespannt auf sein Auto und hatte gar keine Vorstellung, was er für eins fuhr. Wir gingen um die Werkstatt herum und dort stand ein großer schwarzer SUV, auf Hochglanz poliert. Ich sah ihn mit großen Augen an. Er öffnete mir die Beifahrertür und ließ mich einsteigen. Das Auto sah aus wie neu und genauso roch es auch. Er stieg ein und sah mich an.

„Ich habe einen Azubi, der saugt und poliert jeden Tag dieses Ding."

Manchmal war es gruselig. Er hatte immer eine Antwort auf meine Frage im Kopf parat.

Ich leitete ihn durch die Straßen zu meinem kleinen Appartement am Stadtrand. Die Wohnung war für mich vollkommen ausreichend. Ich hatte eine kleine Dach-terrasse und von dort konnte ich über die ganze Stadt schauen. Das war eine Wohnung die zu mir passte. Diese Stadt war einfach schön, sie war klein, sie war gemütlich. Dort konnte man leben ohne Hektik, Zeitdruck und Dreck. In der Großstadt war alles anders. Jeder war ständig in Eile und mies gelaunt. Alle hasteten immer von A nach B, mit dem Kaffee in der Hand rannten sie über rote Ampeln und maulten jeden an, der im Weg stand. Hier war alles anders, jeder grüßte sich, jeder kam auf einen zu und fragte, wie es einem geht und was es neues gab. Beim Bäcker wurde man freundlich begrüßt, die meisten kannten sich per Namen. So wollte ich wohnen, so wollte ich mein Leben verbringen und nicht zurück in die Großstadt. Dass ich nachdem mein Auftrag vorbei war, wieder weg musste, daran dachte ich noch nicht.

Wir standen vor dem Haus und ich bedankte mich bei Sio für die angenehme Fahrt nach Hause.

„Ich hole dich morgen um 7 Uhr ab. Ist das ok?", ich nickte und stieg aus dem Auto. Ich schloss die Tür auf und sah mich nochmal um. Ich hob die Hand und er fuhr los.

Langsam und mit gesenktem Kopf ging ich Stufe für Stufe hoch. Mein Vermieter kam direkt auf mich zu und fragte, ob ich einen Job gefunden hatte. Ich nickte und erzählte ihm kurz von der Werkstatt. Er freute sich für mich und erzählte mir, dass er seinen Führerschein vor ein paar Jahren abgegeben hatte. Ich war froh, dass ich an ihn geraten war. Er war ein 70 jähriger netter Mann. Ein Mann der alten Schule. Direkt bei der Wohnungsbe-sichtigung hatte er mir erzählt, dass seine Frau Trudi verstorben wäre und er jetzt jeden Tag darauf wartete, dass er wieder zu ihr konnte. Sie hatte damals immer den alten BMW gefahren, da er merkte, dass er immer unsicherer wurde. Mit ihrem Tod gab er den BMW und auch seinen Führerschein ab.

Er suchte sich einen Lebensmittellieferanten und auch eine Putzfrau und genoss seine Zeit im Garten oder im Café in der Stadt.

Ich schleppte mich weiter nach oben und schloss meine Tür auf. Ich ging direkt ins Wohnzimmer und ließ mich auf die Couch fallen, ohne noch etwas zu essen oder zu duschen, schlief ich direkt ein.

3

Am nächsten Morgen wachte ich um 5 Uhr in der Früh auf. Ich stand auf und musste diese Klamotten los werden. Ich stank nach Zigaretten und Bier und meine Haare klebten an meinem Gesicht.

Nach dem Duschen zog ich mir genau wie gestern etwas Lockeres an. Dieser Kleidungsstil gefiel mir sehr gut. Bequeme Sachen, warum war ich da nicht eher drauf gekommen? Ich hatte die letzten Jahre nur Highheels und Miniröcke getragen, das war total unpraktisch.

Ich stellte mich mit einem Kaffee auf meine Dachterrasse, als plötzlich jemand laut pfiff. Sio stand schon unten. Ich zeigte auf die Uhr. Es war erst 6:40 Uhr.

„Hast du noch einen Kaffee bevor wir losfahren?", schrie er hoch.

Jetzt waren bestimmt meine Nachbarn auch wach. Ich drücke den Türöffner und ging in die Küche. Ich nahm noch eine Tasse aus dem Schrank und goss ihm Kaffee ein. Er kam total außer Atem die Treppe hoch.

„Wie trinkst du deinen Kaffee, Chef?"

Er lächelte mich an.

„Ganz schwarz..." und nahm mir die Tasse aus der Hand.

Seine Blicke gingen über meine Wände und er sah in jeden Raum. Ich ging wortlos wieder auf meine Dachterrasse und dachte über Sio nach. Er war ein unglaublicher Mann, aber ich wusste einfach gar nichts über ihn. Er wirkte so interessant und stark. Meine Gedanken spielten Karussell in meinen Kopf.

„Wow, das ist ein Ausblick! Da hinten das ganz gelbe Haus, das gehört Trixi und mir!"

Hier nannte sich Beatrix also Trixi. Ich musste ja so tun, als wüsste ich von nichts und fragte nach.

„Trixi ist meine Frau. Wir haben uns vor 5 Jahren kennengelernt. Sie kam aus Hamburg und stand plötzlich beim Einkaufen vor mir. Ihr Freund hatte sie schwanger sitzen lassen und sie immer wieder geschlagen. Ich habe sie aufgenommen und ihren Sohn mit groß gezogen."

Interessant was sie sich hatte einfallen lassen. So viel Phantasie hatte ich ihr gar nicht zugetraut.

Trixi hatte sich damals in David, einen von Tonis Männern verliebt, und der hatte sie geschwängert. Bis heute wusste Toni davon nichts. Nur mir hatte sie es in einem schwachen Moment erzählt. Sie konnte es nicht übers Herz bringen, die Schwangerschaft abzubrechen, aber plötzlich war sie verschwunden und ich hatte oft darüber nachgedacht, ob Toni es nicht doch herausgefunden hatte. Aber David war weiterhin an seiner Seite. Es verunsicherte uns damals alle.

Sio riss mich aus meinen Gedanken.

„So, lass uns los."

Im Auto war es still. Sio schien ebenfalls in Gedanken versunken zu sein. Ich hatte auch keine große Lust zu reden und schloss noch etwas die Augen. Wir kamen schnell an der Werkstatt an.

Er schob das Rolltor hoch und ich startete die Kaffeemaschine. Im Büro angekommen, öffnete ich die Fenster und schaltete den PC ein. Dann fiel mir der Empfang ein. Ich ging rückwärts zur Tür und drehte mich um. Plötzlich fiel ich in Sios Arme. Meine Hände waren auf seiner Brust und seine Arme umklammerten mich fest. Ich sah ihm in die Augen. Er hatte so wunderschöne blaue Augen. Ich vergaß alles um mich herum.

Er hob mich hoch und stellte mich wieder hin. Er lachte laut und ich stieg ins Lachen mit ein.

„Lass das nicht zur Gewohnheit werden! Ich muss noch meinen Terminplan holen."

Ich bestätigte das und machte mich auf den Weg zum Empfang. Die Jungs kamen langsam in die Werkstatt und gaben mir die Hand. Ich zeigte auf die Kaffeemaschine und ging zurück ins Büro. Es war irgendwie schön, eine Aufgabe zu haben.

Ich sah Sio den ganzen Tag über nicht, auch die Jungs ließen sich nicht blicken. Aber dadurch schaffte ich es, viele der Rechnungen zu beseitigen.

Um 17 Uhr kam Sio in mein Büro und ließ sich auf die Couch fallen.

„Ich glaube ich brauche noch eine Aushilfe für die Kunden vorne!"

Ich dachte kurz nach. Dann fiel mir mein Vermieter wieder ein. Er war zwar schon 70 Jahre alt, aber Kunden bedienen konnte er bestimmt auch. Ich kam nicht dazu meinen Vorschlag zu machen, da kam der Azubi ins Büro. Er blickte mich an und sah dann, dass Sio auch im Büro war.

„Ich wollte nur Tschüss sagen...", stammelte er.

Ich winkte ihm zu und er lächelte, als er das Büro verließ.

Sio schüttelte den Kopf und stand auf.

„Kannst du morgen den Empfang machen? Wir haben morgen Reifentag und sind alle ziemlich beschäftigt. Wir haben eine Klingel. Dann musst du nicht immer unten stehen."

Er sah mich hoffnungsvoll an. Mein Blick ging über den Schreibtisch. Ich atmete aus und nickte.

„Der Termin würde übrigens auf Donnerstag verlegt, ich hoffe, dass das in Ordnung ist. Los komm, ich bringe dich nach Hause."

Im Auto merkte ich, wie mich diese Arbeit anstrengte, aber trotzdem versuchte ich, noch locker und fröhlich zu wirken.

Im Hausflur kam mir mein Vermieter entgegen, da fiel mir mein Gedanke wieder ein.

„Herr Handkorn, die Werkstatt sucht jemanden, der als Aushilfe vorne den Empfang regeln kann. Kennen Sie zufällig jemanden?"

Er dachte lange nach und schüttelte den Kopf.

„Leider nein, ich würde es ja machen, aber meine Augen machen da nicht mehr mit."

Ich bedankte mich bei ihm und ging in meine Wohnung zurück.

Jeden Tag zu arbeiten, machte mich einfach müde. Ich kochte mir ein paar Nudeln und legte mich auf die Couch.

Am nächsten Morgen holte Sio mich wieder ab und der Tag zwischen Empfang und Rechnungen war grauenhaft. Gerade hatte ich eine Rechnung angefangen, klingelt es vorne wieder. Nach dem fünften Mal beschloss ich einfach vorne stehen zu bleiben. Die Kunden brachten ihre Autos und holten sie wieder ab. Mit einem Blick in die Werkstatt sah ich, dass die Männer im Akkord arbeiteten. Gegen Mittag rief ich bei der Pizzeria gegenüber an und bestellte vier große Familienpizzen. Als der Lieferservice ankam, ging ich in die Werkstatt und pfiff laut. Alle sahen mich irritiert an. Ich zeigte dem Azubi, dass er die Rolltore runter fahren sollte. Sio kam fragend auf mich zu und sah mich an.

„Sio, ihr arbeitet hier im Akkord und braucht jetzt wenigstens ein paar Minuten eine Pause. Ich nehme die Schlüssel und Autos an und sage den Kunden, dass ich sie anrufe, wenn das Auto fertig ist und ihr esst erst mal, ok?"

Wir sahen in die Runde. Die Jungs hatten sich schon auf den Boden gesetzt und gegessen.

Ich machte mich auf den Weg zurück zum Empfang und versuchte, den Tag zu überstehen. Es war bereits der achte Kaffee, den ich trank und mein Magen rebellierte.

Plötzlich war Stille. Pietro kam mit einem Stück Pizza zu mir und klopfte auf meine Schulter.

„Wir haben den Tag fast geschafft und zum Glück ist das nur zwei Mal im Jahr!", und dann verschwand er wieder in der Werkstatt. Ich biss einmal genüsslich in die Pizza.

Sie war zwar nur noch lauwarm, schmeckte aber richtig gut.

Plötzlich betrat ein junges Mädchen die Werkstatt. Mit dem Handrücken wischte ich einmal über meinen Mund und sah sie lächelnd an.

„Ich habe da ein Problem mit meinem Reifen und brauche Hilfe!"

Mit gesenktem Kopf versucht ich mein Grinsen zu verstecken. Plötzlich kam ich mir so lächerlich vor. Genau so, war ich vor ein paar Tagen auch in die Werkstatt gekommen.

So etwas musste immer an solchen Tagen passieren, aber als ich durch das kleine Fenster in die Werkstatt sah, kam mir der Azubi in den Sinn.

„Was hast du denn für ein Problem?"

Sie erzählte von einer Schraube im Reifen und dass er dadurch ständig Luft verlor. Ich bat ihr einen Platz an und ging in die Werkstatt.

Die Jungs waren so in ihre Arbeit vertieft, dass sie mich nicht bemerkten. Langsam ging ich auf Sio zu.

„Sio, vorne steht ein Mädchen die Hilfe bei ihrem Reifen braucht."

Ohne mich anzusehen sagte er mit einem energischen Unterton nur „Sie soll morgen wiederkommen!"

Vorsichtig legte ich meine Hand auf seine Schulter und er schaut mich an.

„Meinst du wir können unseren Azubi mal daraus schicken? Nur für ein paar Minuten?"

Sio sah mich mit finsterer Miene an, aber plötzlich löste sich die Anspannung und er versuchte zu lächeln.

„Aber wir starten hier keine Verkupplungsagentur, ja?"

Ich nickte nur.

„DENNIS? Draußen ist ein nettes Mädchen, das deine Hilfe braucht.", schrie Sio durch die Halle. Es war so laut, dass ich mir sicher war, dass man es bis draußen gehört haben musste.

Dennis kam mit hochroten Kopf auf uns zu. Er war wie immer nervös. Ich wünschte ihm so sehr, dass er einfach etwas lockerer wurde. Er stand sich selbst im Weg.

„Was hat das Mädchen denn?", fragte er mit zittriger Stimme.

Ich winkte ihn rüber und erklärte ihm alles.

Dennis nahm die Kundin mit zu ihrem Auto und schaute sich den Reifen an. Die Jungs aus der Werkstatt schauten ihm nach. Es dauerte ein paar Minuten, als Dennis wieder zurück zur Werkstatt kam und fragte, ob er den Reifen morgen reparieren dürfte.

Sio warf einen Blick zu mir.

„Sag Stella, dass sie dir meinen Autoschlüssel geben soll, damit du die kleine nach Hause fahren kannst, ja?"

Dennis Mund stand offen und er schaute mich ungläubig an.

„Hast du das gehört, Stella?", ich nickte und warf ihm den Schlüssel zu. Dennis wollte gerade raus laufen, als Sio ihn noch zurück hielt.

„Dennis, zieh dir bitte schnell eine saubere Hose an, sonst muss du noch die nächsten zwei Tage die Ölflecken aus dem Sitz reiben."

Dennis rannte ins Büro und stolperte dabei die Treppen hoch. Sio schlug sich eine Hand an die Stirn und strich sich über den Bart.

Sein Blick ruhte auf mir.

„Ob ich mein Auto heile wieder bekomme?", ich versuchte mein Grinsen zu verstecken.

„Naja, auch wenn nicht. Vielleicht hast du den Grundstein einer liebevollen Beziehung gelegt."

Dennis kam aus dem Büro und stolperte wieder. Sio atmete tief ein.

„Dennis, komm her!"

Der Schlüssel in Dennis Hand klirrte, weil er zitterte.

„Atmete jetzt durch und dann geh mit Stolz da raus. Du versaust dir gleich alles!"

Dennis nickte nur und ging langsam raus.

Schmunzelnd sah ich zu Sio und bemerkte, dass er mich auch ansah. Mit einem Augenzwinkern drehte er sich um und ging wieder in seine Werkstatt.

Auch am nächsten Tag stürzte ich mich in die Arbeit. Die Minuten rannten davon. Ich stolperte immer wieder über Rechnungen von sehr hohen Summen. Sie waren alle für Rafaele Bonrato ausgestellt, aber keine wurde jemals beglichen. Ich legte sie zur Seite und wollte es auf der Fahrt ansprechen.

Sio stand schon in der Tür. Er lächelte so verschmitzt und wirkte glücklich.

„So, bella. Wir können fahren!"

Wortlos stand ich auf und folgte ihm. Automatisch ging der Blick zu seinem Hintern und ich spürte, wie ich rot wurde. Ich musste Abstand zu diesem Gefühl bekommen, sonst würde der Auftrag in eine ganz andere Richtung gehen.

Im Auto lief laute Musik. Die Fenster waren offen. Bei jeder dritten Person auf dem Bürgersteig oder im Auto hob er grüßend die Hand. Er war bekannt und er war beliebt und wer konnte das nicht nachvollziehen.

Mir fiel wieder auf, dass ich fast gar nichts über ihn wusste.

„Sio, darf ich dich was fragen?", irritiert sah er mich aus dem Augenwinkel an und machte die Musik leiser.

„Eigentlich war ich bisher ganz froh, dass du mir keine Fragen stellst. Ich muss mich zuhause schon immer rechtfertigen..." und er fing laut an zu lachen.

Ich grinste kurz.

„Wohnst du schon immer hier? Du kennst so unglaublich viele Menschen."

Er sah mich wieder aus dem Augenwinkel an.

„Ja, ich bin in einem Block aufgewachsen, der sehr verrufen war hier bei uns. Als Asoziale oder Penner wurden wir fast täglich beschimpft. Aber wir haben uns sehr wohl gefühlt. Es kam nie Streit, kein Neid oder Hass. Ganz im Gegenteil. Wir halfen einander, unterstützten uns. Die Mütter saßen mit ihren Kindern draußen auf der Straße und die Männer reparierten Autos oder Häuser oder auch Fernsehgeräte. Da habe ich meine ersten Reparaturen gemacht. Es war ne schöne Zeit."

In seinem Gesichtsausdruck sah man sofort, dass er die Wahrheit sagte und das er glücklich war.

„Und wer ist Rafaele Bonrato?"

Er erschrak bei diesem Namen und sah mich mit zusammengekniffenen Augen an.

„Woher kennst du diesen Namen?", seine Stimme klang streng.

„Ich habe Rechnungen gefunden mit sehr hohen Summen, die niemals beglichen wurden."

Er sah mir lange in die Augen und senkte dann den Blick.

„Rafa ist mein Cousin, er ist sehr früh auf die falsche Bahn geraten. Falsche Freunde, falscher Einfluss. Drogen, Alkohol und so weiter. Er kam ein paar Mal zu mir und bat mich um Hilfe und ja das habe ich dann getan. Aber das bleibt bitte unter uns. Ich wusste nicht, da irgend jemand Rechnungen darüber ausgestellt hatte. Wer hat sie unterschrieben?", seine Stimme klang immer noch sehr streng.

„Ähm, eine Beatrix?!?", sagte ich leise.

Er schüttelte den Kopf.

„Habe ich mir gedacht, sie konnte ihn noch nie leiden..."

Ich musste ablenken.

„Hast du eigentlich Kinder?", er lachte wieder laut und ich war froh, dass er sich gefangen hatte.

„Nein, eigene nicht. Trixi hat einen Sohn mit in unsere Ehe gebracht. Fernando, er ist fast 5 Jahre alt und wie mein eigener Sohn. Er ist ein toller kleiner Kerl. Liebt Fußball und Tennis, hat aber für Autos so gar nichts übrig. Ich habe ihm mal ein ferngesteuertes Rennauto geschenkt, ich glaube es liegt immer noch verpackt im

Schrank. Ich hatte mir als Kind immer so eins gewünscht, aber dafür war nie Geld übrig."

Die Vorstellung, dass er mit so einem kleinen Kerl spielte und mit ihm Späße machte, war schön.

„So, Sherlock. Jetzt habe ich eine Frage. Was war der wirkliche Grund deiner Abreise aus Hamburg?"

Ich schluckte laut und bereute, dass ich jemals angefangen hatte zu fragen. Lange schaute ich auf meine Finger und dachte nach.

„Sio, das ist ein sehr kompliziertes Thema und auch nichts für 5 Minuten. Ich kann dir die Geschichte mal erzählen, aber nicht hier und jetzt..."

Damit gab er sich natürlich nicht zufrieden.

„Stella, meine Frau sah damals ähnlich aus, als sie hergekommen war. Ich ahne da etwas..."

Ich unterbrach ihn sofort. Ich wollte niemals als Opfer da stehen. Ich öffnete die Tür und wollte aussteigen. Er hielt mich ruckartig am Handgelenk fest. Ich erschrak und fühlte mich eingeengt. Mit großen Augen sah ich ihn an. Meine normale Reaktion wäre gewesen, dass ich mich los reiße. Aber er war mein Chef und ich wollte nicht unhöflich sein.

Diese Situation hatte ich den ganzen Tag im Kopf. Sah man mir an, dass ich auf der Flucht war und was ich erlebt hatte? Ich musste versuchen es zu ändern.

4

Die Tage vergingen und es war Freitag Nachmittag. Sio war mir größtenteils aus dem Weg gegangen.

Als er dann plötzlich im Büro stand und unsere Blicke sich trafen, war ich direkt von Unsicherheit umgeben. Aber auch er schaut sich unsicher um, dann atmete er ein und kam auf mich zu.

„Stella, mir lässt das keine Ruhe. Aber ich will auch nicht, dass das zwischen uns steht. Können wir das vergessen?"

Er hatte sich inzwischen auf den Schreibtisch gesetzt und sah mich durchdringend an. Ich faltete die Hände und nickte.

„Gut, dein Auto ist fertig. Du kannst es mitnehmen.", ich war fröhlich und traurig zugleich. Ich musste näher an ihn ran kommen. Wenn ich jetzt ginge, dann wäre der Auftrag gescheitert und ich wollte unter keinen Umständen zu Toni und seinen Männern zurück.

„Oh sehr gut, jetzt kann ich mir einen Job suchen!", und ich sprang auf. Ich wusste, dass er darauf anspringen würde.

„Stella, ich habe da noch eine Frage. Könntest du dir vorstellen hier weiter zuarbeiten, nur solange bis ich eine andere Bürokraft gefunden habe?", er sah mir immer noch in die Augen. Ich ging einen Schritt auf ihn zu. Ich spürte dieses Knistern in mir, ein Knistern was normalerweise nicht da sein sollte. Ich schloss die Augen und versprach mir selbst, dass wenn ich den Koffer voller Geld hatte, direkt ins Ausland gehen würde. Ich musste ihn vergessen. Dieses Gefühl und diese Anziehung hatte ich bisher nur einmal in meinem Leben verspürt und es hatte ein schlimmes Ende genommen. Aber die Vorstellung, dass Sio weiter an Trixis Seite lebte und sie liebte machte mich wütend. Trixi war ein schlechter Mensch und Sio hatte eine ehrliche und liebevolle Frau an seiner Seite verdient. Ich war die Meisterin der Lügen und Verschleierung. Bei mir würde er auch nicht glücklich werden. Er kannte mich nicht, ich selbst kannte mich nicht. Traurigkeit machte sich in mir breit. Wieso hatte ich diesem Auftrag zugestimmt? Wieso war ich nicht einfach wieder abgehauen. Die Gedanken machten mich wahnsinnig.

Sio stand auf und ließ den Blick nicht von mir ab. Wir standen direkt voreinander. Sein Parfüm drang in meine Nase und ich versuchte diesen Geruch abzuspeichern. Ich wollte ihn nicht vergessen.

„Klar, gerne!", und ich versuchte erleichtert und glücklich zu klingen.

Er atmete aus und ich sah, dass ihm eine Last von der Schulter gefallen war. Ich verließ das Büro und ging zu meinem Auto. Ich musste erstmal hier raus. Frische Luft schnappen und mir mein weiteres Vorgehen überlegen.

Pietro warf mir den Schlüssel zu.

„So, er wird mit Sicherheit noch ein oder zwei Jahre halten. Wenn noch was ist, dann komm zu mir!", ich dankte ihm und fuhr mit dem Auto davon. Es fühlte sich gut an.

Er war so sauber und roch frisch. Ich war mir sicher, dass das wieder eine Aufgabe für den Azubi gewesen war.

Als ich durch die Straßen fuhr, dachte ich über Sio nach und schlug auf das Lenkrad. Ich stand an der Ampel und sah gedankenverloren zum Bürgersteig. Dort ging eine Mutter mit einem Kinderwagen entlang und plötzlich machte sich eine Enge in meiner Brust bemerkbar. Meine Luft schnürte sich ab. Die Ampel schlug auf grün um, ich gab Vollgas und raste um die Ecke. Ich wusste, dass dort ein Parkplatz war. Schnell steuerte ich auf die Bäume zu und öffnete die Fahrertür. Ich spürte wie frische Luft in meine Lungen strömte, dieses Gefühl der Enge verschwand.

Eine ältere Frau mit einem kleinen Einkaufstrolley kam auf mich zu.

Ich hörte ein leises zischen und sah sie an. Sie klopfte mir auf die Schulter und gab mir eine Wasserflasche. Langsam trank ich kleine Schlucke und wischte mir den Mund ab. Sie tätschelte meinen Rücken und machte sich wieder auf den Weg. Ich setzte mich auf den Boden und lehnte mich an das Auto. Meinen Blick ließ ich durch den

Himmel gleiten. Der Himmel war strahlend blau und es waren nur ein paar Schleierwolken zu sehen. Wie lange ich dort saß, wusste ich nicht. Plötzlich dämmerte es und ich machte mich auf den Weg zum Büro.

Im Büro wollte ich die letzten Sachen zusammen räumen, als Sio wieder im Raum stand.

Er setzte sich hin und hatte einen dreckigen Lappen in der Hand, er wischte sich immer wieder damit über die Hände um das Öl wegzuwischen. Er machte ihm anscheinend gar nichts aus, dass ich so lange weg war.

„Ich habe den Arbeitsvertrag schon soweit vorbereitet. Ich trage noch das Datum ein und macht es rückwirkend ab dem Tag, an dem du das erste Mal in meiner Werkstatt warst. Ich biete dir ein Gehalt von 1500 € an. Für 30 Stunden in der Woche. Ich denke, dass das ausreichend ist, wenn wir die Stunden erhöhen müssen, besprechen wir das nochmal in Ruhe."

Ich war überrascht, denn damit hatte ich gar nicht gerechnet. Ich war in einer Werkstatt voller Männer, normalerweise hätte da niemals eine Frau Fuß fassen können. Ich freute mich auf diese Zeit.

„Los nimm den Vertrag mit nach Hause und unterschreib´ ihn einfach am Wochenende."

Ich hielt diesen Vertrag in den Händen und war überglücklich. Ich hatte noch nie einen Arbeitsvertrag unterschrieben und noch nie ein geregeltes Einkommen gehabt.

Es lief einfach perfekt, hatte aber trotzdem einen bitteren Beigeschmack. Es würde bald der Tag kommen, an dem ich gehen musste.

„Genieße jetzt erstmal das Wochenende. Die Jungs haben nächste Woche noch eine Überraschung für dich."

Ich machte mir eine schöne Zeit am Wochenende. Ich schlief lange aus, machte etwas Sport und ging in die Stadt. Ich wollte meine neue Umgebung kennenlernen und Sachen für meine Wohnung kaufen.

Die Innenstadt war klein und schön. Es waren viele kleine Läden. Läden mit Dekoartikeln und Schuhen, aber auch Tee- oder Pralinenläden. Am Ende hatte ich ungefähr zehn Tüten in der Hand und setzte mich in ein kleines Café. Die Bedienung war sehr freundlich und ich bestellte mir einen großen Milchkaffee und eine Sahnetorte. Ich liebte Sahnetorte. Die Sonne schien und es war ein wundervoller Tag. Doch plötzlich setzte sich jemand mit einem riesigen Hut und einer großen Sonnenbrille an meinen Tisch. Ich erkannte erst jetzt, dass es Beatrix war.

„Hallo Stella, und wie läuft es?"

Ich nahm einen großen Schluck von meinem Milchkaffee und sah sie an. Ein kurzes „Gut" kam mir nur über die Lippen.

„Du hast dich ja schon sehr beliebt gemacht dort, oder?"

Sie wirkte eifersüchtig und arrogant.

Wieder nickte ich nur.

„Hat Sio schon angebissen?"

Aus irgendeinen Grund machte mich diese Frage so wütend, dass ich auf den Tisch schlug und sie ansah.

„Beatrix, oder soll ich lieber Trixi sagen? Ich bin seit fünf Tagen in dieser Werkstatt. Was glaubst du denn?"

Manche Gäste sahen sich um und warfen uns einen bösen Blick zu. Trixi sah mich wütend an und am liebsten hätte sie mich angeschrien Sie hatte schon immer versucht ihre Unsicherheit so zu überspielen.. Ich spürte ihren Hass gegen mich. Langsam atmete sie aus.

„Stella, versteh mich nicht falsch. Ich will Sio nicht einfach so loswerden. Ich liebe ihn, aber..."

Sio kam auf uns zu und zog sich einen Stuhl weg.

„Kennt ihr euch?", fragte er irritiert.

Trixi rückte ihren Hut zurecht und sah ihn lächelnd an.

„Nein, aber das ist doch deine neue Aushilfe oder? Ich habe sie auf der Kamera gesehen!"

Sio lachte und winkte die Kellnerin ran.

„Ich hätte gerne einen großen Milchkaffee und ein Wasser. Du Trixi?"

Sie schüttelte nur den Kopf. Es war ein komischen Gefühl hier mit den beiden zu sitzen, aber Sio machte es nichts aus.

„Und war die Shoppingtour erfolgreich?" und sah auf meine Tüten.

Ich hatte sie auf zwei Stühle neben mir verteilt. Er schüttelte den Kopf und wir beiden lachten laut. Trixi funkelte mich durch die Sonnenbrille an. Sie gab mir einen Tritt unter dem Tisch.

Ich verstand ihr Problem nicht. Ob sie nicht doch einen Rückzieher machen wollte?

„Ich habe Deko für das Büro und für die Werkstatt gekauft. Es fehlt etwas Farbe.", Sio sah mich ungläubig an
und ich schüttelte den Kopf. Er lächelte mich an und auch
Trixi spürte diese Verbindung zwischen uns.

Sio erzählte Trixi von meiner Arbeit im Büro und
schwärmte, dass das Büro endlich wieder lief. Trixis Ader
am Hals wurde immer dicker und ich merkte, dass ich
mich auf den Weg machen musste.

Nachdem ich meinen Milchkaffee ausgetrunken hatte,
hob ich den Finger, damit die Rechnung bezahlt werden
konnte. Sio nahm meinen Finger und drückte ihn runter.

„Das geht auf mich."

Ich sah ihn an und er zwinkerte mir zu. Langsam rückte
ich den Stuhl nach hinten und versuchte die Taschen
wieder aufzunehmen.

Mit dem Worten „Danke Chef, bis Montag" ging ich. Im
Schaufenster sah ich, dass Trixi mir lange nach sah und
Sio seine Nase in die Sonne streckte. Er schien glücklich
zu sein. Und ich... Ich war es irgendwie auch...

5

Am Montag waren wieder ein Haufen neuer Rechnungen dazu gekommen. An dem Reifentag hatte ich die meisten Kunden bar abkassiert und die Quittungen direkt eingeheftet.

Die Tage vergingen und ich fühlte mich immer wohler. Meine Wohnung wurde immer gemütlicher und ich entspannter. Die Situationen, in denen ich mich unwohl fühlte, wurden weniger.

Das Verhältnis zwischen mir und Sio wurde immer besser.

Die Woche war sehr schnell vergangen und als ich mich am Freitag auf den Weg nach Hause machen wollte, kam Sio auf mich zu.

„Die Jungs haben noch eine Überraschung für dich, kommst du mal mit in die Werkstatt?"

Ich hatte niemals erwartet, dass auch sie sich über meinen Vertrag freuen würden.

Sie standen in der Werkstatt und als Sio und ich in den Raum kamen, pfiffen sie los und schmissen Schnipsel. Lucien hatte eine Tablett mit Gläsern vorbereitet. Ich sah nur, dass es ein bräunliches Getränk war.

Reihum nahm sich jeder ein Glas. Ich roch kurz daran und merkte sofort, dass es Whiskey war. Eigentlich mochte ich dieses Getränk nicht, aber in dieser Situation versuchte ich darüber zu stehen. Wir hielten die Gläser hoch und jeder nahm einen kräftigen Schluck. Sie brüllten alle durcheinander. „Herzlich Willkommen" und „Du gehörst zur Familie", eine Träne rann an meiner Wange herunter. Ich sah Pietro und Lucien gar nicht und dachte gar nicht weiter darüber nach, ich drehte mich um und wollte mein Glas wegstellen, als ich sie hinter mir bemerkte. Sie hatten eine große Aluwanne voller kaltes Wasser dabei und schüttelten sie mir über den Kopf. Ich dachte, dass ich umfalle, so kalt war das Wasser. Ich war komplett nass. Bis in die Schuhe war das Wasser gelaufen. Alle lachten und nachdem ich meine Haare aus dem Gesicht geschüttelt hatte, lachte ich mit. Sio legte seinen Arm um mich.

„Das musste bis jetzt jeder durchstehen und da du jetzt zu uns gehörst, war das unser Willkommensgeschenk."

Ich schüttelte nur lachend den Kopf.

„Los, komm mit, ich gebe dir einen Werkstattanzug und trockene Socken, dann bringe ich dich nach Hause. Mit Whiskey im Blut solltest du nicht mehr fahren!"

Eine Widerrede war zwecklos und ich folgte ihm ins Büro.

Er öffnete den Schrank und holte eine Werkstatthose heraus und warf sie mir zu. Dann ging er zu seinem Schrank und gab mir ein weißes T-Shirt und schwarze Socken. Ich zog meine Hose und mein Shirt aus und zog seine Hose über, als er sich kurz umdrehte, sah er die Narbe an meinem Rücken. Ich hatte oberhalb der Nieren eine Narbe, die ich immer zu vergessen versuchte. Als ich einen kurzen Blick über meine Schulter warf, sah ich sein Entsetzen in den Augen, er kam ein paar Schritte auf mich zu und flüsterte meinen Namen. Mit einem Finger strich er über diese Narbe. Mich schüttelte es sofort und ich bekam eine Gänsehaut. Ich zog das Shirt über und die Socken und ging aus dem Büro. Er blieb zurück. Ich bedankte mich bei den Jungs und machte mich auf den Weg zum Auto. Er öffnete gerade die Tür, als jemand von hinten die Tür wieder schloss.

„Du steigst jetzt BITTE sofort in mein Auto ein und ich bringe dich nach Hause!", dieser Ton in einer Stimme war mir seltsamerweise sehr vertraut. Wir mussten uns in unserem Job immer unterwerfen und duften keine eigene Meinung haben. Wie in Trance machte ich das, was er verlangte und stieg einfach ein. Es war Totenstille im Auto. Ich versuchte Sätze in meinem Kopf zusammenzustellen, aber irgendwie war es ja doch alles eine Lüge. Als wir vor dem Haus standen, begann ich zu zittern vor Schmerz und vor Wut. Es brach aus mir heraus ich weinte und schluchzte. Sio legte einen Arm und mich und zog mich zu sich.

Mein Kopf lag an seiner Brust und er streichelte mir über die Haare. Dieses Gefühl war schön, ich verband es mit meinem Papa. Als ich klein war und mich verletzt hatte, kam er immer zu mir und streichelte meinen Kopf. Wenn ich nachts Angst hatte, dann kam er zu mir und sang mir ein Lied. Sio sagte gar nichts. Ich löste die Umarmung und wischte mir mit beiden Händen meinen verschmierten Mascara aus dem Gesicht. Sio sah mich mit zusammengekniffenen Augen an. Ich bedankte mich und verließ das Auto.

Das ganze Wochenende hatte ich darüber nachgedacht und es machte mich wahnsinnig. Was sollte ich ihm erzählen? Jetzt konnte ich nicht mehr schweigen, aber belügen wollte ich ihn auch nicht. Ich hatte Angst vor Montag. Wie würde er reagieren? Was würde er sagen?

Ich quälte mich durch die Nächte. Sonntags ging ich spazieren. Ich wollte den Kopf frei bekommen. Ich fühlte mich einfach miserabel.

Sio war ein toller Mensch, wie konnte er an eine Person wie Trixi gelangen? Sie hatte doch gar kein Herz und keine Gefühle. Hatte sie nur einen dummen gesucht, der ihr mit dem Baby hilft? Und was sollte ich ihm sagen? Wie sollte ich mich verhalten?

Ich war wütend, wütend auf mich, auf Trixi, auf mein Leben, auf alles.

Als es dunkel wurde, ging ich nach Hause. Als ich um die Ecke blickte, sah ich Sios Auto vor meiner Tür stehen. Mein Herz schlug schnell. Mit gesenkten Kopf ging ich auf das Auto zu. Sio stieg aus und sah mich an.

„Stella, mir geht diese Sache am Freitag nicht aus dem Kopf. Können wir darüber sprechen?"

Ich sah ihn lange an und schüttelte den Kopf. Die Worte in meinem Kopf waren so durcheinander.

Er senkte den Kopf und stieg ins Auto. Ich hörte, dass er die Autotür schloss. Er litt und das wegen mir.

Langsam ging ich zur Eingangstür und drehte mich noch einmal um. Unsere Blicke trafen sich. Ich konnte das nicht so stehen lassen. Ich senkte den Kopf und ging zurück zur Fahrerseite. Sein Autofenster war geöffnet. Er sah mich prüfend an.

„Sio, ich habe eine Vergangenheit wie jeder andere Mensch auch. Manche Sachen sind schön und manche eben nicht und wiederum andere hinterlassen Narben und nicht alle sind sichtbar. Ich will meine Vergangenheit hinter mir lassen und nicht tausend mal durchkauen. Es macht es doch nicht besser. Ich will nicht in der Werkstatt als die Frau gelten, die an böse Männer geraten ist. Ich will keinen Stempel auf der Stirn haben und ich möchte auch keine Sonderbehandlung. Ich möchte einfach, dass ihr mich so seht wie ich bin und nicht wie ihr denkt."

Sio sah mich immer noch prüfend an.

„Stella, der Kloß in meinem Hals ist so groß, dass ich das Gefühl habe, dass ich ersticke. Ich verbinde dich als Person sooft mit Trixi und ich weiß nicht warum. Ich möchte dir doch nur helfen, als Freund. Mehr nicht!"

Ich hatte niemals in meinem Leben richtige Freunde gehabt. Immer nur Bekannte. Ich ließ niemanden an mich ran. Aber Sio war anders. Er war mir seltsamerweise von Anfang an vertraut.

Auf der einen Seite machte es mich wütend, dass er mich immer wieder mit Trixi verband, denn Trixi hatte nicht das erlebt, was ich erlebt hatte. Aber das konnte ich Sio nicht erzählen. Er würde es nicht verstehen und die Konsequenz daraus musste ich tragen, dazu war ich noch nicht bereit.

Ich sah zu Boden.

„Ok gut, lass uns hoch gehen, ja?"

Er lächelte und parkte das Auto ein. Als wir oben ankamen, wusste ich noch immer nicht, was ich ihm jetzt eigentlich sagen sollte oder was mir aus dieser Situation half.

„Möchtest du vielleicht erstmal etwas trinken?", er sah sich immer noch in der Wohnung um und nickte.

„Wenn du hast, dann ein Bier."

Hatte ich glücklicherweise noch gekauft. Ich öffnete die Flaschen und dachte nach. Die komplette Wahrheit konnte ich ihm nicht auftischen, ich musste es abgeschwächt machen. Mit einem Kloß im Hals setzte ich mich auf die Couch.

Sio sah mich mit großen Augen an.

„Eigentlich weiß ich gar nicht, wo ich anfangen soll!", meine Gedanken überschlugen sich. Sio zeigte auf die Terrasse und wir gingen raus, gerade als wir uns hingesetzt hatten, klingelte sein Handy. Er drücke das Telefonat weg. Es klingelte im gleichen Moment wieder. Er drückte es wieder weg und es klingelte wieder.

„Es tut mir leid, Stella..."

Ich nickte und war erleichtert, so hatte ich noch etwas Zeit gewonnen. Sio ging zurück in die Wohnung ich hörte nur, wie er sagte: „Hallo Toni, ich bin gerade in einem wichtigen Gespräch. Was gibt es?"

Toni, ich zuckte zusammen. Was ein Zufall. Ich hoffte, dass es nicht Trixis Bruder war. Das Telefonat dauerte über 30 Minuten. Dann kam Sio zurück auf die Terrasse und stellte sich an das Geländer. Er wirkte plötzlich verändert, traurig und auch wütend.

Ich stand auf und ging zu ihm. Seine Hand krallte sich am Geländer fest, seine Fingerknöchel waren weiß. Ich legte meine Hand auf seine und sein Blick ging direkt zur Hand. Er drehte sich zu mir und nahm mich fest in den Arm. Ich verstand diese Geste nicht. Hatte Toni ihm etwas gesagt? Aber dadurch würde er sich ja nur selbst in die Pfanne hauen. Ich ließ mich einfach auf die Umarmung ein und legte meinen Kopf an seine Brust. Sein Atem ging schnell und sein Herz schlug laut. Er war aufgeregt. Er roch so unglaublich gut. In Gedanken stellte ich mir vor, dass er mich jetzt einfach küssen würde. Es war ein schöner Moment. Er legte seine Hand an meinen

Kopf und sah in die Ferne. Sein Bart kitzelte an meinem Kopf. Nach vielen Minuten löste er die Umarmung und zeigte auf das Wohnzimmer. Es wurde kühl und ich war froh, dass wir rein gingen. Ich setzte mich mit dem Blick auf Sio gerichtet auf die Couch.

„Es tut mir echt leid, Stella, ich habe gerade eine schlechte Nachricht bekommen...", er stütze sich auf den Knien ab und strich sich mit den Händen über die Augen. Er weinte und ich wusste nicht, was ich tun sollte. Ich setzte mich neben ihn und streichelte über seine Schulter.

„Sio, willst du darüber sprechen?"

Sein Blick ging zu mir. Sein Gesichtsausdruck war verändert. Er war voller Zorn und Wut, aber auch voller Trauer.

„Trixi hatte vor ein paar Jahren Krebs. Sie hatte vor ein paar Wochen eine Untersuchung und dort wurde festgestellt, dass der Krebs zurück ist. Das hat uns alle wirklich umgehauen. Ich habe erstmal gedacht, dass wir das schon schaffen werden, wir haben es ja schon mal geschafft und sie wollte ihren Bruder besuchen. Etwas Abstand gewinnen und er hat mir gerade gesagt, dass er mit ihr bei einem Facharzt war und der hat festgestellt, dass der Krebs schon gestreut hat. In die Lunge. Sie hatte vor 5 Jahren Darmkrebs und der wurde entfernt, sie hat regelmäßig Untersuchungen. Da wurde nichts gefunden. Aber plötzlich ist er wieder da? Und hat bereits gestreut? Sie kann mit einer Chemo beginnen, lehnt es aber ab. Warum tut sie das?"

Ich schüttelte nur den Kopf. Meine Gedanken schweiften ab. Trixi hatte mir doch etwas ganz anderes erzählt, das hieße ja, dass sie das alles schon vorher gewusst hatte. Sie hatte ihm einfach nichts gesagt. Ich verstand das alles nicht mehr. Das hatte er nicht verdient. Er legte seinen Kopf an meine Schulter und ich streichelte durch seine Haare.

Ich saß so verkrampft dort und Sio erzählte und erzählte. Er weinte die ganze Zeit und ich spürte, wie sehr er Trixi liebte und wie gemein es eigentlich von ihr war, dass sie nicht mit ihm darüber gesprochen hatte, sondern mit ihrem Bruder. Ich lehnte mich zurück und zog mich in die Ecke der Couch, ich nahm Sio an der Hand und er folgte mir. Er legte sich in meinen Arm und ich streichelte weiter seine Haare. Sie waren so weich und perfekt. Wir versuchten uns abzulenken und sprachen über die Werkstatt und über das Chaos im Büro. Es wurde dunkel und meine Augenlider wurden immer schwerer. Ich sank in einen tiefen Schlaf. Natürlich träumte ich von Sio, von einer Zeit, als er zu mir gehörte, wo wir glücklich waren und keine Personen zwischen uns hatten. Aber plötzlich kam Trixi dazwischen und stach mir ein Messer mitten in die Brust. Ich erschrak und wachte mitten in der Nacht auf. Ich saß auf der Couch und sah mich um. Sio erschrak ebenfalls und setzte sich neben mich.

„Ist alles ok?"

Ich sah ihn irritiert an und atmete durch.

„Verdammt ich bin eingeschlafen. Es tut mir leid."

Sio lächelte nur.

„Ich bin auch irgendwann eingeschlafen. Habe gar nicht gemerkt, dass du schon weg warst. Es tut mir leid, dass ich dich mit meinem Scheiß so belastet habe."

Ich lächelte auch und sah ihm tief in die Augen. Auch wenn es gemein und gar nicht vertretbar war, aber ich hoffte, dass Trixi irgendwann starb. Ich wollte diesen

Mann für mich haben und ich wollte auch nicht auffliegen. Wenn Trixi ihm von unserer Abmachung erzählte, würde ich mein neues Leben von jetzt auf gleich verlieren. Ich hatte immer noch die Sachen aus der Werkstatt an und ging in mein Schlafzimmer. Ich zog ein Top und eine kurze schwarze Boxershorts an und ging zurück ins Wohnzimmer. Ich wollte direkt ins Bett. Ich war immer noch so unglaublich müde. Sio stand von der Couch auf und kam auf mich zu. Er strich mir durch die Haare.

„Soll ich nach Hause fahren?", die Frage überraschte mich.

„Wie du möchtest. Wenn du fahren willst, dann fahr. Du kannst auch hier auf der Couch schlafen oder in meinem Bett."

Er lächelte und sah mich an.

„OK, dann bleibe ich."

Er streichelte wieder durch meine Haare. Es war ein schönes Gefühl, aber auch die Unsicherheit machte sich breit.

Ich nickte und drehte mich um. Meine Knie zitterten vor Müdigkeit. Ich legte mich in mein Bett, schloss meine

Augen und schlief sofort wieder ein. Es war wieder dieser tiefe Schlaf. Ich spürte kurz, dass sich jemand neben mich legte. Automatisch drehte ich mich um und legte mich in seine Arme. Er umschloss mich fest und schon war ich wieder weg. Ich fühlte mich sicher in seinen Armen.

Ich wurde am nächsten Morgen durch die Sonne geweckt. Meine Nase kitzelte und ich öffnete verschlafen die Augen, mit meiner Hand strich ich über das Bettlaken. Es war noch warm. Ich dachte kurz darüber nach, ob das gestern wirklich passiert war oder ob ich das nur geträumt hatte. Ich warf meinen Bademantel über und ging langsam durch die Wohnung. Von Sio war keine Spur zu sehen. Ich war enttäuscht und eine Träne lief an meiner Wange herunter. Ich war traurig und auch sauer. Warum musste ich mich auch verlieben? Warum konnte ich nicht einfach den Auftrag erledigen und abhauen? Sauer ging ich unter die Dusche und schlug immer wieder gegen die Fliesen. Ich war so wütend. Nach einigen Sekunden beruhigte ich mich und genoss diese

Stille und das warme Wasser auf meiner Haut. Da niemand auf mich wartete, ließ ich mir Zeit.

Als ich das Badezimmer im Bademantel verließ, spürte ich einen Luftzug und roch Kaffee. Langsam ging ich ins Wohnzimmer. Es war niemand zu sehen. Als ich mich umdrehte, um in mein Schlafzimmer zu gehen, rief jemand meinen Namen. Aufgeregt und fröhlich drehte ich mich um. Sio stand frisch gestylt vor mir.

„Hi, ich war kurz zu Hause und habe mich umgezogen, auf dem Rückweg habe ich Brötchen geholt. Du hast so fest geschlafen, ich wollte dich nicht wecken."

Ich war überrascht und ging auf die Terrasse. Sio hatte einen Tisch gedeckt. Mit Kaffee, Sekt und Erdbeeren.

Er stellte sich hinter mich und umarmte mich von hinten. Diese Situation überforderte mich erst, aber dann ließ ich mich drauf ein. Ich legte meinen Kopf an seine Schulter und fasste seine Hände an. Ich spürte seinen Atem. Vorsichtig löste ich die Umarmung irgendwann und drehte mich zu ihm. Ich küsste ihn auf die Wange.

„Ich ziehe mir erstmal etwas an. Gib mir 10 Minuten."

Sio nickte und ich sah in der Balkontür, dass er mir nachsah. Das erste Mal machte ich mir wirklich Gedanken, was ich anziehen sollte. Ich wollte auf keinen Fall so aussehen wir Trixi. Deshalb entschied ich mich wieder für etwas, was mich widerspiegelt. Eine kurze Jeanshose und ein schwarzes Top. Als ich zurück kam, saß Sio mit dem Stuhl zum Geländer gedreht und hatte seine Füße nach oben gelegt.

Ich setzte mich hin und nahm mir Kaffee. Sio blickte zu mir. Zwischendurch hatte ich das Gefühl, dass ich noch träumte. Denn irgendwie war alles so anders. Sio wirkte so entspannt und aufgeschlossen. Obwohl er gestern eine so schlechte Nachricht bekommen hatte. Oder vielleicht war er in eine Art Trance gefallen? Gestern hatte er geweint und heute war er so anders.

Irgendwann stand ich auf und räumte den Tisch ab. Ich war immer noch in Gedanken versunken, so dass ich meine Umwelt gar nicht so richtig wahrnahm. Sio wollte mir die Stadt zeigen.

6

Die Tage vergingen und ich fühlte mich in dieser Stadt immer mehr zu Hause. Sio und ich waren sehr gute Freunde geworden. Er war aus meinem Leben gar nicht mehr wegzudenken. Wir besprachen alles miteinander. Wenn wir allein waren, war alles gut, aber kaum war Trixi in der Nähe, hielten wir Distanz. Auch Sio hatte gemerkt, dass sie eifersüchtig war und sie uns nicht zusammen sehen wollte.

Er rief mich eines samstagmorgens an.

„Ich muss heute zu meiner Schwester. Hast du vielleicht Lust mich zu begleiten?"

Ich war gespannt und sagte einfach direkt zu. Trixi war zu einer Kur gefahren und hatte Fernando mitgenommen.

„Ich muss dich aber warnen. Meine Schwester ist einfach ein verrückter Vogel. Sie ist etwas esoterisch, sie bevorzugt aber das Wort spirituell!"

Ich musste lachen und hatte schon Bilder vor Augen.

„Muss ich irgendwas beachten? Soll ich etwas besonderes anziehen?"

Es war ein leises Lachen zu hören.

„Sei einfach so, wie du bist. Du wirst dort gut ankommen."

Als wir aus dem Auto stiegen, hörte ich schon die Musik. Es war eine Art trommeln, ähnlich wie Reggae Musik, ich konnte es nicht so gut zuordnen. Das Haus war Orange und von einem Zaun und riesigen Bambusgebüschen versteckt. Wir gingen durch ein eisernes Gartentor und waren plötzlich umringt von Rosen aller Art. Wir gingen durch mehrere Rosenbögen. Blaue, gelbe und rote Rosen. Es sah so wunderschön aus. Ich schloss die Augen und ich nahm eine Welle der schönsten Gerüche war.

„Ich wusste gar nicht, dass du Blumen magst!", stellte Sio fest.

Ich aber auch nicht. Langsam stellte ich immer mehr fest, dass ich gar nicht wusste wer ich wirklich war. Zu lange hatte ich in meinem Leben eine Rolle spielen müssen.

Durch Sio entdeckte ich neue Seiten an mir. Plötzlich war ich so voller Glück, es war ein wunderbares Gefühl.

Sio gab mir die Hand. Es war immer noch ein fremdes Gefühl für mich. Ich kannte so eine Zuneigung gar nicht. Aber irgendwie hatte ich das Gefühl, dass wir in einem anderen Leben waren. Wir waren so vertraut und voller Zuneigung und das obwohl er ja eigentlich mit Trixi zusammen war.

Eine Frau in einer bunten Haremshose und Dreadlocks kam auf uns zu.

„Silli!", schrie sie uns entgegen. Sie war wunderschön und ihre Schritte waren so leichtfüßig. Es schien als würde sie schweben.

Als sie vor uns stand, spürte ich Wärme und Herzlichkeit. Sie küsste Sio direkt auf den Mund, auch mich küsste sie und umarmte mich.

„Wow, hast du es endlich geschafft, dich von der Truller zu trennen? Ihr beide, ihr passt gut zusammen. Ihr habt die gleiche Aura. So bunt und fröhlich und nicht zu schwarz wie bei Trixi."

Ich war überrascht, was meinte sie nur damit? Langsam nahm sie mich an der Hand und sah mir in die Augen. Sie streichelte mich mit ihrer Hand über den Rücken und über den Kopf. Ganz plötzlich roch sie an mir. Im Augenwinkel sah ich, dass es Sio unangenehm war, aber ich zwinkerte ihm zu. Ich spürte Freude und Fröhlichkeit. Kein bisschen Aufregung. Dann geschah etwas Unerwartetes. Sie küsste mich auf den Mund und an meinem Hals. Sio grinste und schüttelte den Kopf.

„Wow, deine Seele ist wunderschön, aber deine Vergangenheit musst du aufarbeiten. Du bist ein wundervoller Mensch. Mit vielen Schatten auf der Seele. Setzt euch erstmal hin. Ich hole euch etwas zu trinken."

Es war Wahnsinn, dass sie meine Vergangenheit spüren konnte. Ich wollte das auch lernen.

Wir setzten uns auf ein riesiges Sitzkissen. Der Garten war wunderschön. Wir saßen im Kreis und in der Mitte war ein kleines Lagerfeuer. Überall standen Sitzsäcke, die Ecken des Gartens hatte sie mit Lampions geschmückt. Ein farbiger Mann saß am Rand des Feuers und trommelte zum Takt der Musik. Gegenüber von uns stand eine kleine Bar. Es sah so aus, als ob Cocktails serviert wurden. Hinter der Bar standen auch noch Menschen, aber ich konnte nicht sehen, was dahinter geschah.

Alle in der Runde sahen so ruhig aus und lachten viel. Mein Blick ruhte auf einer Frau. Sie war so unglaublich schön. Sie hatte lange lockige schwarze Haare und sie trug ein weißes gehäkeltes Kleid. Sie stand ganz alleine an der Bar. Irgendwie trafen unsere Blicke sich und wir schauten uns lange an. Sie wirkte so mystisch und ich hatte so ein merkwürdiges Gefühl in mir. Ich schüttelte den Kopf und sah zu Sio. Er hatte die Arme hinter dem Kopf verschränkt und amüsierte sich. Genau wie ich sah er sich in der Runde um und lachte die anderen leise aus. Kopfschüttelnd setzte er sich vor.

„Die sind doch irgendwie alle verrückt oder? Ich weiß gar nicht, warum ich mir dieses Hippie Zeug immer antue!"

„Weil ich deine Schwester bin und dieses Hippie Zeug liebe, Silli!", sagte seine Schwester hinter uns. Sio lächelte das nur weg. Seine Schwester drückte uns ein Getränk mit ganz viel Kräuter und braunen Zucker drin in die Hand. Ich roch daran und merkte, dass mir wahrscheinlich ein Glas reichen würde.

„Wir hatten gerade keine Zeit. Ich würde mich gerne vorstellen. Mein Name ist Rosalina, aber meine Freunde nennen mich Rosa. Silli ist mein Halbbruder. Wir sehen uns meistens nur ein Mal im Jahr. Hier zu meinem Geburtstag!"

Ich stellte mich auch kurz vor und spürte wieder diese Herzlichkeit und diese Wärme.

„Ich würde dich gerne herum führen, Stella. Silli, ist das ok für dich?"

Er sah mich an und ich nickte. Sie nahm mich an die Hand und führte mich durch den Garten. Nun sah ich auch, was hinter der Bar vor sich ging. Dort war ein riesiger Gartenteich und viele der Gäste saßen drum herum. Sie hatte im ganzen Garten Fackeln aufgestellt. Viele tanzten oder saßen nur auf den Boden. Manche küssten sich und es gab auch vereinzelt welche, die im See schwammen.

Wir gingen ins Haus.

„Erlaubst du mir, dich zu testen?", fragte sie mich ganz selbstverständlich.

Ich sah sie mit hochgezogenen Augenbrauen an. Sie nickte und bat mich ihr zu folgen. Wir gingen durch ein Vorhang aus Holzstäben und betraten ein Zimmer mit vielen Kerzen, Teppichen und Kissen auf dem Boden. Es sah unglaublich gemütlich aus. Sie zündete ein Räucherstäbchen an. Es roch nach Minze und Zitronengras. Wir setzten uns auf bunte Kissen.

„Stella, du musst dir einen Vertrauten suchen und dein Geheimnis offenbaren. Deine schreckliche Vergangenheit klebt an dir wie ein Kaugummi. Du bist ein sehr wertvoller Mensch. Du bist emphatisch und feinfühlig. Deine Aura um dich herum ist wunderbar bunt und frisch. In dir steckt viel Persönlichkeit, warum versteckst du dich und vor wem?"

Ich sah sie mit offenen Augen an und wusste gar nicht was ich sagen sollte.

„Leg dich bitte hin!"

Ich tat es, ohne weiter darüber nachzudenken. Sie strich mit einem weißen Stein vorsichtig über meine Stirn, über meine Hals und als sie über meine Brust streifen wollte, blieb sie kurz stehen,

„Dein Herz ist sehr verschlossen, du musst es öffnen!"

Und dann strich sie über meinen Bauch und über meine Beine. Sie nahm eine Art Feder und ging über jedes Körperteil. Sie setzte sich auf meinen Bauch und strich mit ihren Fingern immer wieder über meine Stirn. Immer und immer wieder ließ sie ihre Finger über meine Augenbrauen gleiten. Sie massierte meinen Kopf und nahm eine kleine Rassel. Langsam rasselte sie an meinen Ohren. Sie summte ein Lied dabei und ich lauschte nur diesem Lied. Plötzlich spürte ich ihre Finger an meinem Mund und ich merkte, wie sie sich vor beugte. Ihr Atem war warm und roch süß. Sie pustete und ich merkte, dass kleine Partikel auf meiner Haut fielen. Dann küsste sie mich und er war schön und befreiend. Der Kuss war sehr intensiv und ich verstand nicht, warum es mir nichts ausmacht. Ihre Hand streichelte meinen Hals.

Dann nahm sie eine Schale mit einer weißen Creme. Vorsichtig hob sie mein Top hoch und malte etwas auf meinen Brustkorb. Ich fühlte mich ganz leicht und befreit.

Irgendwann stand sie auf.

„Du warst energielos. Du warst fremd besetzt durch eine andere Person. Sie hat dir die Kraft geraubt. Deine Chakren habe ich gereinigt und habe versucht die dunkle Seite an dir zu vernichten, aber das habe ich nicht alles auf einmal geschafft. Du musst dich lösen. Ich komme gleich wieder. Bleib du dort liegen und warte auf mich."

Ich schloss meine Augen und lauschte der Umgebung. Die leisen Trommeln und das Klopfen auf eine Klangschale war zu hören. Aber was meinte sie mit fremd besetzt und Energieraub? Sie betrat den Raum wieder um bat mich, mich umzuziehen. Keine ihrer Entscheidung stellte ich infrage. Sie gab mir eine bunte Hose und ein schwarzes Top. Dass Sio mich auslachen würde, war mir in diesem Moment völlig egal. Ich zog meine Hose und mein Shirt aus und auch sie kam auf mich zu und strich über meine Narbe.

„Ein Zeichen von Ungerechtigkeit! Du musst ihm verzeihen!"

Ich schüttelte den Kopf.

„Nein, niemals. Das kann ich nicht!"

Ich zog die Hose über und auch das Shirt an. Rosa stellte sich vor mich und packte meine Schulter.

„Stella, es geht nicht darum, dass du es ihm sagst. Tu es für dich. Wenn du deine Seele nicht von diesem Schmerz befreist, wird dein Geist langsam sterben. Wir bekommen Krankheiten und wichtige Menschen treten aus unserem Leben. Schau dir Trixi an. Wenn der Krebs im Körper freigesetzt wird, heißt das, dass du deiner Seelenaufgabe nicht nachgekommen bist. Trixi ist mit Sicherheit keine Abgesandte Luzifers, aber trotzdem hat sie viel Schlechtes in diese Welt gebracht. Stella, stell dir folgendes vor: Du packst alles, was er dir angetan hat, in eine Kiste und verpackst sie mit Geschenkpapier und Geschenkband und überreichst ihm dieses Paket symbolisch. Nur in Gedanken und damit lässt du es los. Es ist wichtig. Finde deinen inneren Frieden..."

Tränen rannen an meiner Wange herunter. Sie drehte mich zum Fenster um und fing an meine Haare zu flechten. Ich sah Sio an der Bar stehen und er redete mit diesem unglaublich schönem Mädchen. Als Mann hätte ich sie auch angesprochen.

„Schau ihn dir an, den kleinen Charmeur. Stella, schnapp` ihn dir und hau mit ihm ab. Ihr seid seelenverwandt, ich habe es gespürt. Trixi ist nicht gut für ihn, das merke ich jedes Mal, wenn ich sie sehe. Diese Augen, das ist das Böse. Sie hängt bestimmt auch an dir dran. Aber mein Bruder gefällt dir doch, oder?"

Ich lächelte und nickte.

„Schnapp ihn dir doch jetzt einfach.", ich nickte wieder. Wir verließen Hand in Hand das Haus, gingen über die Terrasse zu Sio und der schönen Frau an der Bar. Es machte mich schon eifersüchtig ihn so zu sehen.

Als wir dort ankamen, ließ Rosa meine Hand los und ging auf die Fremde Frau zu. Sie umschlang sie und küsste sie. Ich war wie blockiert und sah die ganze Zeit hin. Sio stupste mich von der Seite an.

„Das ist Jessy, meine Freundin. Sie ist eine Hellseherin!"

Ich nickte nur. Hellseher?!? Was sollte das bedeuten?

„Das bedeutet, dass ich spüre, was jemand über mich denkt!"

Erschrocken sah ich sie an.

„Ich habe anfangs gedacht, dass du auf Frauen stehst!"

Auch diese Aussage überraschte mich. Bisher hatte ich mir darüber noch keine Gedanken gemacht.

„Ja, ich muss zugeben, bei deinem Anblick war ich mir kurz auch nicht mehr sicher!"

Wir vier lachten und bestellten uns ein Getränk. Sio bemerkte plötzlich, dass ich mich umgezogen hatte.

„Hat sie dich mit ihrem Eso-Kram auf ihre Seite gezogen?"

Ich zuckte nur verlegen die Schultern. Aus unerklärlichen Gründen faszinierte mich dieses Thema und ich war mir sicher, dass ich nicht das letzte Mal hier gewesen war. Er erntete auch böse Blicke von Rosa und Jessy.

Dieses Getränk schmeckte von Mal zu Mal besser und ich wurde immer betrunkener. Ich war froh, dass Sio mich überredet hatte, hier zu schlafen. Beim Autofahren wäre mir mit Sicherheit schlecht geworden. Ich konnte, wenn ich etwas getrunken hatte, einfach nicht mit dem Auto nach Hause fahren.

Ich bestellte mir ein Wasser und das war das Zeichen für alle anderen, dass ich genug hatte. Sio zog mich von der Bar weg und wir setzten uns auf einen großen Sitzsack in einer Ecke. Wir lehnten unsere Köpfe an und sahen in die Sterne. Er legte einen Arm um mich und zog mich zu sich. Es war ein wunderschöner Moment. Nur wir zwei und die Dunkelheit. Wir verhielten uns wie Teenies und schauten uns im Augenwinkel an. Die Musik mit den Klangschalen war zu hören und Sio drehte seinen Kopf zu mir. Er sah auch unglaublich betrunken aus und ich konnte keinen klaren Gedanken mehr fassen. Ich wollte ihn jetzt küssen, ihn spüren. Die Welt um uns vergessen. Er kam langsam näher und mein Herz schlug wie wild. Gerade als wir beide die Augen schlossen, rief jemand seinen Namen. Wir erschraken beide und kamen schnell wieder hoch. In diesem Moment spürte ich, dass ich zu viel Alkohol getrunken hatte. Mir wurde so schlecht, dass ich los lief und aus dem Garten heraus, rüber zu Sios Auto rannte. Er hatte am Straßenrand geparkt und dahinter waren nur noch die Bahnschienen. Im letzten Moment hielt ich mich noch am Auto fest und übergab mich mehrmals. Ein Ekel überkam mich. Ich kramte in meiner Tasche nach Taschentüchern und Kaugummi. Ich wollte nicht nach Erbrochenem stinken. Ich ließ mich rückwärts am Auto runter und sah in den Himmel. Die Sterne verschwommen und ich schlief am Autoreifen gelehnt ein.

- 7 -

Als ich am nächsten Morgen aufwachte, war es schon
hell draußen. Ich lag alleine in einem großen Bett. Ich
war komplett in ein weißes Bettlacken gehüllt. Das
Fenster stand auf und der Geruch der Rosen drang in
meine Nase. Doch diesmal war dieser Geruch nicht
wohlig und schön, sondern einfach nur ekelig. Ich sah im
Augenwinkel, dass ein Eimer neben dem Bett stand und
ich erbrach mich wieder.
Ich ließ mich rückwärts auf das Bett fallen, als Jessy das
Zimmer betrat. Ich schaute benommen aus dem Fenster.
Sie setzte sich zu mir ans Bett und hatte ein Wasserglas
und kleine Kügelchen in der Hand.
„Trink das und in ein paar Minuten wird es dir besser
gehen!"
Sie nahm meinen Eimer mit und ging in einen kleinen
Raum hinter dem Schlafzimmer.

„Ich habe dir alles zum Duschen bereit gelegt. Sio und Rosa sind unten im Garten. Komm nach, wenn du dich besser fühlst."

Ich trank das Wasser und die Kügelchen und tatsächlich nach ein paar Minuten war die Übelkeit und der Schwindel weg. Ich ging unter die Dusche und anschließend runter. Rosa hatte mir ein weißes Leinenkleid raus gelegt. Sio und sie saßen am Teich. Als sie das Knarren der Verandatür hörten, sahen sie sich beide um. Sio sprang auf.

„Oh Gott, Stella. Geht es dir gut?"

Ich nickte nur. Die Kopfschmerzen waren noch da, aber sonst ging es mir besser. Ich setzte mich auf einen Stuhl in den Schatten. Die Sonne war brütend heiß und kaum auszuhalten. Rosa stand auf und ging in die Küche. Sio stand ebenfalls auf und kam auf mich zu. Er sah auch schlecht aus, aber er versuchte es weg zulächeln.

Vorsichtig streichelte er mir über den Rücken.

„Also, wenn du gestern mein Auto erwischt hättest, dann wärst du heute mit putzen dran!", wir lachten beide. Mir fiel die Situation wieder ein.

„Wie zum Teufel bin ich denn ins Bett gekommen?"

Sio sah auf seine Hände.

„Naja, du bist zurück in den Garten gekrabbelt und hast alle angeschrien, dass sie gehen sollen und dann hast du dich in den Teich fallen lassen..."

Ich sah ihn mit großen Augen an und versuchte mich zu erinnern. Rosas Stimme war zu hören.

„Lass dir nichts erzählen. Sio hat dich am Auto gefunden und dich hoch getragen. Jessy und ich haben dich umgezogen und zu gedeckt. Sio hat bei dir geschlafen, was dann passiert ist weiß ich nicht!"

Mein Blick ging zu Sio und in diesem Moment warf er einen kleinen Stein auf Rosa und beide lachten.

Ich versuchte mich zu entspannen und lehnte mich zurück. Mein Atem ging langsam und flach. Sio stand auf und holte zusammen mit Jessy das Frühstück. Lächelnd sah ich ihm nach. Hier war alles perfekt. Ich wollte nicht mehr von hier weggehen.

„Hast du darüber nachgedacht, mit Sio über deine Vergangenheit zu sprechen?"

Mein Blick ruhte auf Rosas Händen. Dieses Gefühl immer wieder mit der Vergangenheit konfrontiert zu werden, war kaum mehr auszuhalten. Der Wunsch sie zu akzeptieren und damit diese Schwere los zu werden, war größer als jemals zuvor. Ich spürte, dass Sio der richtige war. Aber der Zeitpunkt noch nicht.

„Rosa, diese Narbe zeigt doch wie ernst dieses Thema ist. Ich kann es ihm nicht erzählen. Noch nicht!"

Rosa legte ihre Hand auf meinen Rücken.

„Stella, ich spüre, dass dich dieses Thema zurückhält. Setz dich nicht unter Druck, aber versuch es einfach loszuwerden. Du wirst dich dadurch verändern, dich selbst finden und spüren, was wichtig ist. Du darfst deine Vergangenheit loslassen. Ich merke, dass Sio dir wichtig ist und dir nahe steht. Er ist der richtige und auch du spürst es. Jessy wird gleich deine Narbe behandeln, ist das ok?"

Jedes Wort stimmte, ich war fassungslos und ergriffen. Ich spürte diese Stärke in mir. Ich war noch nie an so einen Punkt gekommen. Mein Leben fing an sich zu ändern. Es änderte sich in eine positive Richtung. Ich hatte Angst, aber auch Hoffnung. Es war kein Zufall, dass ich an dem einen Morgen auf Trixi getroffen bin. Es war unsere Bestimmung, dass Sio und ich auf einander trafen. Ich fasste Mut.

Der Tisch war reich gedeckt. Vorsichtig nahm ich mir ein trockenes Brötchen und Tee. Alle drei schmunzelten.

„Wir werden uns gleich auf den Weg zurück machen. Ist das ok für euch?"

Jessy und Rosa sahen sich an. Sio wurde unsicher und sah in die Runde.

„Oder sollen wir noch einen Tag bleiben?"

Wir Mädels klatschten.

„Sio, mich würde es sehr freuen, wenn ihr noch einen Tag länger bleibt. Du warst noch nie über Nacht hier. Lasst uns einen schönen Tag machen und morgen in der früh reist ihr ab.

Nach dem Frühstück gingen Rosa und Sio spazieren und ich begleitete Jessy in einen kleinen Raum am anderen Ende des Flures.

Dort hing eine Hängematte und der Boden war mit kleinen Steinen bedeckt.

Jessy zeigte auf die Hängematte und ich versuchte mich vorsichtig herein zu legen.

„Leg dich etwas auf die Seite, damit ich an die Narbe heran komme!"

Das tat ich direkt und plötzlich spürte ich etwas Kaltes an meinem Rücken und zuckte zusammen.

„Es war ein Messer, richtig?"

Ich schloss die Augen und versuchte an etwas anderes zu denken.

„Nein, Stella. Denk genau an diese Situation. An den Schmerz und an den Mann, den Stich im Rücken und im Herzen. Unterdrücke es nicht, lass es zu und lass es los."

Meine Gedanken versuchten an den Ort zu gehen, an dem es passiert war. Aber die Gesichter waren nicht zu sehen. Ich spürte nur den Schmerz des Verlustes, der Angst, aber nicht den Schmerz des Stiches. Es war nicht erreichbar für mich. Es schien so, als wäre es hinter einer kleinen Tür verschlossen. Ich versuchte krampfhaft daran zu denken, aber es funktionierte nicht.

Mir wurde heiß und kalt und meine Beine fingen an zu zittern. Ich spürte Jessys Hand, sie rief meinen Namen, aber ich konnte meine Augen nicht öffnen. Es war wie Nebel. Diese Tür, ich musste durch diese Tür. Als ich sie öffnete, erschrak ich und machte direkt die Augen auf. Ich hatte Toni gesehen, mit einem blutigen Messer. Ich schrie seinen Namen und plötzlich fühlte ich mich leichter. Ich konnte ihm nicht verzeihen, aber ich konnte los lassen. Diese Angst davor hatte mich bis jetzt zurück gehalten. Toni würde mir immer Angst machen.

Sio betrat den Raum. Mein Blick wechselte zwischen Jessy und Sio. Aufgeregt versuchte ich das Geschehene zu verstehen. Rosa betrat den Raum.

„Wer ist Toni?", fragte sie leise.

Jessy sah Sio an und sagte: „Trixis Bruder!"

Ich stand auf und lief aus dem Haus. Ich wollte allein sein, ich spürte, dass ich noch nicht bereit dafür war. Mein Herz raste und ich war überfordert. Mit den Händen vor den Augen saß ich am Teich, als Sio sich neben mich setzte.

„Stella, was ist passiert? Woher kennst du Trixis Bruder? Ich verstehe das alles nicht. Du hast doch gesagt, dass du sie nicht kennst."

Unsicher sah ich ihn an. Ich spürte, dass ich ihm vertrauen kann, aber ich hatte Angst vor der Konsequenz.

„Sio, ich kann nicht darüber sprechen. Ich will einfach nur nach Hause!"

Er sah mich ungläubig an und stand auf.

„Stella, du hast gerade Tonis Namen gebrüllt und hast diese Narbe am Rücken. Ich will wissen, was passiert ist und zwar sofort."

Diese laute Stimme machte mir Angst, ich hielt mir die Ohren zu und ließ meinen Kopf auf die Knie sinken.

Es näherten sich Schritte.

„Sio, so machst du ihr Angst. Gib ihr Zeit. Sie hat gerade etwas losgelassen, was sehr schwer für sie war. Sie ist kraftlos."

Sio sah seine Schwester an und weinte. Ohne ein weiteres Wort ging er ins Haus.

Rosa setzte sich neben mich und streichelte meinen Rücken.

„Stella, du bist einen großen Schritt voran gekommen. Dieses Verfahren ist nicht leicht, aber wir wissen beide, dass du das schaffst. Nimm dir Zeit und wenn du dich besser fühlst, fängst du an mit Sio über Toni und Trixi zu sprechen. Er wird dich verstehen und kann dir die Last von den Schultern nehmen."

Vorsichtig nahm ich meinen Kopf hoch.

„Wenn ich Sio von Toni erzählen, wird er mich und wahrscheinlich deinen Bruder umbringen. Und genau deshalb geht es nicht."

Ich stand auf und ging zum Auto.

8

Wir wollten gerade auf den Hof fahren, als wir einen kleinen schwarzen Wagen entdeckten.

„Oh, das ist Trixi."

Sio wurde plötzlich nervös.

Wir stiegen aus und hörten schon, dass sie die ganze Werkstatt zusammenschrie.

Sio strich sich durch sein Gesicht.

„Geh am besten direkt in das Büro. Das wird jetzt fies werden, für uns alle!"

Ich fragte gar nicht weiter und tat das, was er verlangte. Aber da wussten wir nicht, dass Trixi bereits im Büro war. Pietro war bei ihr und war mit dieser Situation total überfordert. Sie schmiss alle Unterlagen durch das Büro und schrie. Ihre Augen waren weit aufgerissen. Als sie Sio und mich sah, kam sie auf uns zu gestürmt. Sie schlug auf Sios Brust ein, schrie und weinte. Er griff nach ihren Händen und sah sie durchdringend an. Mit einer lauten Stimme fragte er sie, was los sein.

Plötzlich wurde sie ruhiger. Sie hatte dieses Unterwerfen auch noch drin.

Er nahm sie an der Hand und ging mit ihr ins Büro. Ich sah Pietro an und zeigte auf die Werkstatt.

Es glich einem Schlachtfeld. Alle Regale waren umgeworfen und die Werkzeuge lagen verteilt.

„Jungs, lasst uns das schnell wegräumen. Das muss Sio nicht sehen."

Schnell griffen die Jungs sich die Regale und stellten sie wieder auf. Ich sammelte das Werkzeug zusammen. Dennis kam auf mich zu und sah mich traurig an.

„Meine Güte ist das eine Furie!", sagte er leise. Ich nickte nur kurz. Es machte sich so eine Angst in mir breit. War das nun die Konsequenz, dass ich nicht mit Sio über meine Vergangenheit gesprochen hatte? Rosas Stimme halte in meinem Kopf.

Dann wurde es wieder laut. Mit den Worten „Wo ist die Schlampe!" rannte Trixi die Treppenstufen herunter und machte sich auf den Weg in die Werkstatt. Pietro stellte sich vor mich.

„Trixi, verschwinde aus dieser Werkstatt. Sofort!"

Aber sie schubste ihn einfach zur Seite und sprang mich an. Ich knallte mit dem Rücken an das Auto und spürte einen stechenden Schmerz an der Schulter. Sie schlug immer und immer wieder auf mich ein. Ihre Nägel gruben sich in meinen Arm. Blut lief an meinem Handgelenk herunter.

Aber jetzt war Schluss mit dieser Unterwerfung. Ich holte aus und schlug ihr mitten ins Gesicht. Geschockt und überfordert mit dieser Situation und mit meiner Reaktion, schubste ich sie weg und verließ die Werkstatt. Ich wollte mich ins Auto setzen und einfach der Situation entfliehen. Da kam Trixi wieder auf mich zu. Mein Adrenalinschub ließ nicht nach. Ich zitterte und war aufgeregt.

„Der Auftrag ist hiermit gestoppt. Ich mache einen Rückzieher. Heute Abend lege ich dir den Koffer vor die Tür und morgen bist du weg. Ansonsten rufe ich Toni an!"

Die Wut in mir war so groß. Ich holte aus und schubste sie von mir weg.

„Von dir lasse ich mir nicht mehr drohen. Was meinst du, was Sio sagt, wenn ich ihm ein Foto zuschicke? Ein Foto von uns beiden, in unseren schönen Dresscoats!"

Trixi sah mich mit großen Augen an.

„Das wagst du nicht", und dieser Satz klang so böse.

Sio kam auf uns zu.

„Können wir uns jetzt alle wieder einkriegen und vernünftig reden? Was ist hier los?"

Trixi und ich sahen uns lange an. Irgendwann verflog die Wut.

„Sio, ich kündige... fristlos. Mein Gehalt kannst du mir überweisen."

Seine Augen zeigten Unsicherheit und wirkten verletzt.

Die Bilder des gestrigen Abends schossen mir durch den Kopf. Ich lächelte leicht und fühlte mich stark. Ich wusste, dass ich eine Entscheidung treffen musste, um Sio zu schützen. Trixi funkelte mich weiter an.

Mein Blick wechselte zwischen Sio und Trixi. Kurz zögernd stieg ich ins Auto. Meine Schultern waren plötzlich schwer wie Blei. Ich spürte, dass es ein großer Fehler war. Ich hatte mich in ihn verliebt. Es schmerzte. Aber ich hatte Angst, Angst vor Tonis Männern.

Zuhause angekommen, verarztete ich die Wunden in meinem Gesicht und an meinem Arm. Ich packte meine Sachen zusammen. Wo ich hin wollte? Ich hatte keine Ahnung. Aber es musste schnell gehen.

Gegen 23:00 Uhr klingelte es. Ich sah aus dem Fenster. Trixi hatte den Koffer gebracht und sah kurz zum Fenster hoch. Der Gang runter zum Koffer fühlte sich für mich an, wie der Gang zum Henker. Langsam und mit schweren Schritten ging ich jede Stufe runter. Vor der Tür sah ich mich um, nahm den Koffer und ging wieder hoch. Stundenlang hatte ich vor diesem Koffer gesessen und wollte ihn nicht öffnen. Es war Geld, was mir nicht zustand.

Ungeöffnet stellte ich ihn in die Ecke. Die ganze Nacht hatte ich wach gelegen und erst gegen 06:00 Uhr in den Schlaf gefunden.

Meine Türklingel riss mich nach einer Stunde wieder aus dem Schlaf.

Vorsichtig sah ich aus dem Fenster und erschrak, als ich Sios Auto sah. Zu gerne wäre ich einfach runter gerannt und hätte ihn in den Arm genommen. Er klingelte und pfiff. Im Sekundentakt rief er meinen Namen. Mein Vermieter kam irgendwann aus dem Haus raus und schickte ihn weg. Mein Handy klingelte und ich wurde mit Nachrichten bombardiert. Ich las keine und schaltete das Handy aus. Mit meinen beiden Koffern machte ich mich gegen Mittag auf den Weg zum Bahnhof. Mein Vermieter würde schon merken, dass ich weg war und das Auto ließ ich einfach am Bahnhof stehen.

Ich kaufte ein Ticket nach München. Noch etwas weiter weg konnte ja nicht schaden. Beim Betreten des Zuges sah ich mich noch einmal um, aber es war niemand zu-sehen. Weinend ließ ich mich auf den Sitz fallen und versteckte mein Gesicht mit den Händen. Die Scham war zu groß, jeder Gedanke an Sio schmerzte. Ich hätte jetzt doch gerne gewusst, was er mir noch sagen wollte. Aber es hätte an der Situation nichts ändern können.

Ein lauten Pfeifen brachte mich aus meinen Gedanken zurück in die Realität. Ich überlegte kurz auszusteigen, aber blieb dann doch sitzen. Ich musste einmal umsteigen und fuhr dann mit dem ICE bis nach München durch. Ich saß zwei Stunden im Zug und meine Gedanken drehten sich nur um Sio. Tränen rannen an meiner Wange herunter. Warum musste er auch gerade der Mann von Trixi sein? Konnte er nicht einfach irgendjemand sein?

Mein Kopf fing an zu schmerzen und Bluttropfen fielen auf meine Hände. Ich hatte früher oft Nasenbluten gehabt und dann auch immer in den unmöglichsten Momenten. Beim Abschlussball, beim Date, sogar im Vorstellungsgespräch. Aber das war schon lange her, eine Zeit, die sich anfühlte als wäre sie aus einem anderen Leben. Ich nahm meine Sachen und ging zur Toilette. Es dauerte eine ganze Zeit, bis es aufhörte. Als ich in den Spiegel schaute, erschrak ich. Das war doch nicht ich, das war ein Monster. Zerzauste Haare, verschmierter Mascara und dann dieses Nasenbluten. Ich lachte, es war doch einfach verrückt. Ich kramte in meiner Tasche und wusch mein Gesicht, kämmte die Haare und band sie zusammen. Ich zog mir schnell ein anderes Shirt an und verließ die Toilette. Ich sah mich kurz um, um die Tür zu schließen und als ich einen Schritt nach vorne machte, rannte ich in die Arme eines anderen Passagiers. Als ich in sein Gesicht sah, erschrak ich. Es war Jimmy. Er war mal ein Kunde von mir gewesen. Tausend Gedanken schossen durch meinen Kopf. Alles was uns passiert war, war wieder präsent. Ich musste mich zusammenreißen.

„Louisa?!?", fragte er vorsichtig.

So hatte ich mich für diesen Auftrag genannt. Ich zog die Augenbrauen zusammen und schüttelte den Kopf.

„Es tut mir leid, mein Name ist Stella!"

Er wirkte irritiert.

„Man sagt, es gibt jeden Menschen zwei Mal auf dieser Welt und ich kann Ihnen sagen, das stimmt. Meine Freundin Louisa ist gestorben, aber Sie sehen wirklich genau so aus wie sie..."

Dann schüttelte er den Kopf.

„Es tut mir leid, warum erzähle ich Ihnen das?"

Und dann ging er weiter. Mein Herz schlug schnell. Ich dachte, dass Toni ihn damals umgebracht hatte. Anscheinend hatte er uns damals die gleich Geschichte erzählt.

Auf meinem Sitzplatz angekommen, war noch mehr Chaos in meinem Kopf. Ich war vor allem weggelaufen, von meinen Eltern, von Toni und jetzt vor Sio. Es konnte doch nicht so weitergehen. Es war einfach falsch. Der Zugführer betrat das Abteil. München war falsch. Dieses Wegrennen musste jetzt endlich ein Ende nehmen. Ich hatte noch keinen genauen Plan, aber der Wunsch aus dem Zug auszusteigen war groß.

Nervös strich ich mir immer wieder über meine Beine. Auch wenn ich jetzt in München wäre, wäre ich auch nicht sicher. Irgendwo würde wieder jemand von Tonis Männern auftauchen, oder ich verliebte mich und müsste mein ganzes Leben Lügen erzählen. Dieser Gedanke war so schrecklich, dass mir schlecht wurde. Der Knoten in meinem Bauch wurde immer größer. Doch dann schloss ich die Augen und versuchte gar nicht mehr zu denken...

Ich nahm meinen Koffer und sprang aus dem Zug. Schnell zerriss ich das Ticket und warf es in den Müll. Diese Entscheidung fühlte sich gut an. Ich rief ein Taxi und machte mich auf den Weg zu Rosa. Sie wusste was zu tun ist und durch Jessy wusste sie ja auch, dass ich mich zu ihnen auf den Weg machte.

Es dauerte eine Weile, aber dann stand ich mit meinen beiden Koffern vor ihrem Haus. Innerlich hoffte ich, dass Sio hier war.

Rosa und Jessy standen, ohne dass ich angerufen hatte bereits vor dem Tor. Ohne ein Wort zu sagen, umarmten sie mich und nahmen mich mit rein.

Rosa ging mit mir in den Rosengarten und ich erzählte ihr was passiert war. Sie sagte nichts, sie hörte nur zu.

Jessy kam nach einiger Zeit mit einer bunten Schale in der Hand auf mich zu.

Es waren Heilkräuter. Vorsichtig tupfte sie damit jede Stelle in meinem Gesicht ab.

Ich war immer noch nervös.

„Stella, du musst erst einmal runter kommen. Du hast lauter Blitze um dich herum."

Die Vorstellung war paradoxerweise lustig und ich versuchte durchzuatmen. Rosa reichte mir ihre Hand und zog mich hoch.

Wir setzten uns in den Raum mit den großen gemütlichen Kissen. Ich ließ mich reinfallen. Jessy zündete eine Pfeife an und reichte sie mir. Ich zog kräftig dran. Dieser süße Geruch kam mir bekannt vor und ich spürte plötzlich eine Leichtigkeit, weit weg von Problemen und vom Alltag, es war alles schön.

Wir fühlten uns wohl und umarmten und küssten uns. Es war so, als wären wir plötzlich in einer anderen Welt.

Ich war mir nicht mehr sicher, ob wir schliefen oder ob alles um mich herum tatsächlich passierte. Waren es Stunden oder Tage? Ich hatte jegliches Zeitgefühl verloren. Immer wenn meine Gedanken klarer wurden, reichte Jessy mir die Pfeife und ich fühlte mich besser. Dass sie mich damit unter Drogen setzte, war mir dabei gar nicht bewusst und vielleicht einfach egal.

Meine Gedanken gingen zu Jimmy zurück.

Es war mein erster großer Auftrag. Toni hatte mich in sein Büro gebeten und mir erklärt, worum es ging.

„Es ist ein junger Mann, der einfach etwas Gesellschaft braucht. Du musst nur am Wochenende bei ihm sein, ihn begleiten, wenn er Termine hat und wenn er mal etwas

Zuneigung braucht, dann kannst du ihm auch das geben...."

Wenn es jemand noch nicht mal schaffte, sich eine Begleitung zu organisieren, dann würde das mit Sicherheit eine schreckliche Person sein. Ich stellte mir die furchtbarste Person vor.

Dann war der Tag gekommen. Es war Freitag und es war dunkel, da stand ich vor seiner Tür. Es war ein riesiges Haus. Es sah aus, als ob es aus Glas sei. Mit zittriger Hand drückte ich die Klingel. Eine kleine Frau mit einem Kopftuch machte mir die Tür auf. Ich nickte und stellte mich vor. Sie winkte mich herein.

„Herr Astor erwartet Sie bereits!"

Mir wurde schlecht, ich legte meine Tasche weg und zog die Jacke aus. Mit meinem Blick auf den Boden gerichtet, ging ich in Richtung Wohnzimmer. Die gesamte untere Etage war ein großer Raum. Ein Raum aus Glas. Er stand mit dem Rücken zu mir und als ich hinter ihm stand, sah er kurz über seine Schulter.

„Guten Abend, schön, dass Sie da sind, Louisa. Mein Name ich Jim.", dann drehte er sich um. Und mir blieb der Atem weg. Er war wunderschön. Seine Haare waren schwarz und seine Augen tiefblau. Er wirkte sehr muskulös und gepflegt. Aber er musste eine Haken haben. Wahrscheinlich war er aggressiv oder forderte Sachen von Frauen, die nicht jeder mitmachte.

Er hielt mir ein Weinglas hin. Unsere Finger berührten sich und er sah mich sehr sanft an.

„Ich wusste nicht, dass ich so eine schöne Frau geschickt bekomme..."

Es schmeichelte mir sehr. Er zeigte auf die Couch und wir setzten uns. Wir saßen nebeneinander und schauten uns an. Er erzählte mir, wie sein Tag war. Ich hörte gar nicht richtig zu, weil ich die ganze Zeit den Haken an der Geschichte suchte.

„Du wirkst etwas abwesend, möchtest du mir etwas von dir erzählen?"

Ich sah ihn an, er wirkte so vertrauensvoll. Am liebsten hätte ich ihm alles erzählt, aber ich durfte nicht.

„Was möchten Sie denn wissen?"

Er trankt einen kleinen Schluck vom Wein und sah mich lange an.

„Ich verstehe. Haben Sie Hunger? Sollen wir etwas essen? Amanda hat etwas vorbereitet."

Er stand auf und gab mir seine Hand. Vorsichtig zog er mich in seine Arme. Es war schön ihm nah zu sein und ich spürte, dass dies kein einfacher Auftrag für mich werden würde.

Händchenhaltend gingen wir zu einer großen Tafel. Sie war wunderschön gedeckt. Mit Kerzenhaltern und Stoffservietten. So etwas hatte ich bisher noch nicht gesehen. Ich hatte Angst, dass ich mich nun mit Häppchen und Kaviar vergnügen musste, aber Amanda kam mit einem riesengroßen Pizzakarton herein. Dieser Duft war mir vertraut und ich schmunzelte.

„Haben Sie gedacht, dass ich Sie nun mit Thunfisch und Tatar quäle?"

Ich beantwortete die Frage nicht, sondern trank einen Schluck Wein.

Amanda brachte Cola und Bierflaschen und wieder lachte ich.

„Es tut mir leid, ich dachte, dass ich jemand anderes bekomme.."

sagte er und musterte mich.

„Jemand anderes?", fragte ich etwas beleidigt.

Er schnitt die Pizza und hielt mir ein Stück hin.

„Oder brauchen Sie Messer und Gabel?"

Dieses Gespräch war auf einer Seite förmlich, aber trotzdem freundschaftlich. Ich wollte ihn so gerne fragen, ob wir uns nicht einfach duzen könnten. Aber ich traute mich nicht. Wir aßen Pizza und tranken Bier und es war der schönste Abend seit langen. Wir setzten uns in den Garten und redeten und lachten.

Jimmy sah auf die Uhr und erschrak.

„Wir haben schon 3 Uhr nachts, wir müssen morgen um 12 Uhr zu einem Brunch. Ich glaube, wir sollten ins Bett gehen. Ich zeige Ihnen ihr Zimmer."

Er überraschte mich, ich war davon ausgegangen, dass wir in einem Zimmer schliefen, aber diese merkwürdige Distanz ließ er noch zwischen uns.

Das Wochenende verging so schnell. Ich war irgendwie traurig, als ich am Sonntag zu Toni zurück musste.

Als ich wieder bei ihm im Büro saß, fragte er mich aus. Weißt du, wo er seinen Safe versteckt hat, kannst du nicht schauen, ob er Diamanten hat?

Ich verstand diese ganzen Frage nicht und schüttelte nur den Kopf. Jetzt sollte ich ihn auch noch bestehlen? Ich war entsetzt. Die Woche verflog und ich freute mich auf Freitag. Ich packte fröhlich meinen Koffer und machte mich auf den Weg.

Pizza, Cola und Bier war unser Freitag Abend Ritual geworden. Am zweiten Wochenende bot er mir dann endlich das Du an und der erste Kuss ließ nicht lange auf sich warten.

Wir saßen auf der Couch und sahen einen Film, als ich meinen Kopf zu ihm drehte und ihn ansah. Ich spürte, dass er langsam einschlief. Er wirkte so friedlich. Er bemerkte, dass ich ihn ansah und drehte sich zu mir.

„Es tut mir leid, es war ein anstrengender Tag!"

Ich schüttelte nur den Kopf und streichelte seine Hand. Mein Blick ging wieder zu ihm und dann küssten wir uns. Es war der schönste Kuss, den ich jemals bekommen hatte. Aber plötzlich hörte er auf und sah mich an.

„Louisa, darf ich dich etwas fragen?"

Ich nickte und war direkt besorgt.

„Was verlangt Toni von euch Mädchen?"

Ich durfte nichts dazu sagen und sah nur zu Boden. Er legte seine Hand an mein Kinn und hob meinen Kopf. Er wiederholte seinen Satz und sah mich streng an. Ich konnte seinem Blick nicht ausweichen. Legte meine Hand an seine und sah wieder zu Boden. Ich stand auf und ging ans Fenster.

Er stand ebenfalls auf und stellte sich hinter mich. Er umarmte mich und legte seinen Kopf an meinen.

„Louisa, was verlangt Toni von euch?"

Tränen liefen an meiner Wange herunter.

„Alles Jim, alles!"

Er löste die Umarmung und ging zur Küche. Aus Wut schlug er auf die Tischplatte.

„Ich bin fassungslos, Louisa!"

In den nächsten Wochen wurden unsere Treffen intensiver. Es entwickelte sich eine Beziehung und Jim wollte mich nicht mehr gehen lassen. Er sprach mit Toni und die beiden schlossen einen neuen Vertrag. Er bezahlte für drei Nächte. Ich sollte bereits Donnerstagabends kommen und erst sonntags wieder gehen. Wir verbrachten die Tage nur in seinem Haus, er sagte alle Termine ab.

Irgendwann fiel das bei Toni auch auf und er fragte mich immer öfter, was wir in dem Haus trieben. Aber ich zog mir immer wieder etwa aus dem Hut. Erzählte etwas von online Veranstaltungen und Unterstützung bei Vorbereitungen. Aber seine Zweifel wurden immer größer. Irgendwann kam er auf mich zu und sagte mir, dass ich dieses Wochenende bei einer Veranstaltung seiner Freunde helfen sollte und seine Begleitung sein werde. Toni durfte niemand widersprechen. Wir besaßen keine Handys und ich konnte mich nicht bei Jim melden. Es machte mich wahnsinnig und ich war nervös. Was hatte er ihm erzählt?

Mit dem Kopf voller schlimmer Gedanken ging ich neben Toni zur Party. Ich hasste es an seiner Seite zu sein. Er war so ernst und seine Freunde waren unhöflich und unverschämt.

Ich saß mit einem gezwungenen Lächeln am Tisch, genau wie alle anderen Mädels vom Begleitservice. Plötzlich betrat Jim den Raum, ich wollte direkt aufstehen, aber Toni hielt mich am Arm zurück. Jim sah mich fassungslos an und setzte sich an einen Tisch ganz in der Nähe. Toni ließ mich nicht aus den Augen. Ich wusste, dass das geplant war. Er tat plötzlich so freundlich und bestellte mir einen Champagner nach dem anderen. Ich versuchte immer wieder zu Jim zu schauen, aber Toni streichelte mir immer wieder über die Beine. Es ekelte mich an. Am liebsten wäre ich aufgestanden und wäre zu Jim gelaufen, aber als ich doch einen Blick rüber werfen konnte, schüttelte er den Kopf. Toni stand auf und ging zur Bar. In der Zeit kam eine Kellnerin zu mir und tat so, als ob sie den Tisch abräumte.

„Ich soll Sie fragen, ob es Ihnen gut geht!"

Ich nickte.

„Sagen Sie ihm, dass Toni will, dass er uns hier sieht! Er soll am besten schnell wieder gehen!"

Die Kellnerin sah mich besorgt an und ging zur Bar. Sie füllte ihr Tablett mit Gläsern ging an die Tische und zuletzt zu Jim und flüsterte ihm etwas zu.

Dann sah er zu mir und nickte.

Er stand auf und ging. Toni kam aufgeregt zu mir und zog mich am Arm hoch.

„Wir gehen!", jetzt wurde mir klar, dass das doch nicht so eine gute Idee war.

Am Auto angekommen öffnete er die Tür und wollte mich ins Auto schubsen. Ich stieß mit dem Kopf an die Türöffnung und schrie kurz auf.

Er schubste wieder und ich fiel ins Auto. Ich war benommen und suchte Halt. Vorsichtig zog ich mich hoch und setzte mich auf den Autositz. Toni stieg ein und schlug mir ins Gesicht, dann wurde ich bewusstlos. Ich war mir sicher, dass er mich vergewaltigt hatte. Damit war er einen Schritt zu weit gegangen.

Als ich aufwachte, lag ich in einem frisch bezogenen Bett und Trixi betrat gerade das Zimmer. Mein Hals war trocken und jede Stelle meines Körpers tat weh. Trixi streichelte mir über den Arm, ich drehte den Kopf weg. Ich wollte kein Wort hören und auch kein Gespräch führen. Als Toni den Raum betrat, tat ich schlafend.

Auf dem Kalender sah ich, dass Mittwoch war. Ich hatte einige Tage geschlafen. Am liebsten würde ich morgen nochmal zu Jim fahren. Langsam stand ich auf und ging zur Toilette. Als ich zurück kam, saß Toni auf meinem Bett.

„Morgen wirst du noch einmal zu Jim gehen und dieses Wochenende mit ihm verbringen und dann verabschiedest du dich von ihm. Für immer!"

Ohne ein Wort zu sprechen, legte ich mich wieder in mein Bett.

Am nächsten Morgen kam Kobra in mein Zimmer, legte meine Tasche auf das Bett.

„Los, zieh dich an. Ich bringe dich zu deinem Lover!"

Wieder sprach ich kein Wort.

Kobra war die rechte Hand von Toni. Meistens lief er mit einer finsteren Miene durch den Tag, aber manchmal war er auch witzig aufgelegt. Wenn wir neue Mädels bekamen und sie etwas Mut gefasst hatten, fragte sie Kobra meistens, woher er diesen Namen hatte. Er fasst sich dabei immer in den Schritt und sagte „Weil ich ne Kobra in der Hose habe, nennen mich die meistens so..!". Ein Mädchen hatte uns mal im Vertrauen erzählt, dass er alles andere als eine Kobra in der Hose hatte. Es war eine witzige Geschichte.

Wenn Toni nicht in der Nähe war, unterhielt sich Kobra gerne mit uns. Er war früher Zuhälter gewesen, aber hatte bei einer Schlägerei sein rechtes Auge verloren. Das wussten hier alle, aber man sah es ihm nicht direkt an. Er war bis zum Hals tätowiert und hatte sein halbes Leben im Gefängnis verbracht. Wenn einer unserer Kunden sich nicht an die vereinbarten Regeln hielt und nicht zahlte, dann war er sofort zur Stelle, aber wenn wir Hilfe brauchten meistens nicht.

Ich sah ihm lange hinterher, ob sein Leben ihm hier Spaß machte?

Als ich vor Jims Tür stand, wusste ich gar nicht, was ich sagen sollte. Er öffnete die Tür und nahm mich in den Arm. Er flüsterte mir meinen Namens ins Ohr.

„Ich dachte du wärst tot!"

Ich schüttelte nur den Kopf und ging ins Haus. Seit Tagen hatte ich nichts mehr gesprochen oder gegessen. Pizza und Bier stand bereit. Ich setzte mich wie ein Roboter an den Tisch und fing an zu essen. Jim sah besorgt auf mich und setzte sich neben mich.

Er legte mir eine Hand auf mein Bein und ich zuckte zusammen.

Tränen rannen an seiner Wange herunter und auch ich weinte. Aber ich wusste nicht, was ich sagen sollte.

Es fühlte sich an wie Stunden, als Jim plötzlich die Stile unterbrach.

„Los, wir packen ein paar Sachen ein und machen uns auf den Weg!"

Ich war unsicher und spürte, dass wenn Toni das heraus bekommen würde, er uns umbringen würde. Hektisch sah ich mich um.

„Wo sollen wir denn hin?"

Jim sah mich an und atmete durch.

„Ich habe ein Ferienhaus in Nordfrankreich, da können wir erstmal ein paar Tage bleiben und dann weiterziehen. Wir überlegen uns dort einen genauen Plan. Aber wichtig ist, dass wir erstmal hier weg kommen. Toni wird dich umbringen."

Jim lief weg, packte zwei Koffer ein und zog mich zum Auto. Ich spürte, dass dieses Vorhaben nicht gut ausgehen würde.

Dann wurde alles ganz hell, es kamen die schwarzen SUV´s vorbei und blieben vor Jims Auto stehen.

Zwei Männer packten mich und Kobra ging auf Jim zu. Er zog ein Messer und stach zu. Einfach so, ohne vorher irgendein Wort zu sagen.

Jim fiel sofort um und bewegte sich nicht mehr. Dann kam er auf mich zu und schlug mir ins Gesicht. Es war so eine Kraft hinter dem Schlag, dass ich für einen kurzen Moment gar nicht mehr wusste, wo ich war. Dann spürte ich einen heftigen Schmerz im Rücken. Mit diesem blutiges Messer stach er auch bei mir zu. Mir wurde schwarz vor Augen und ich wachte erst Tage später im Krankenhaus wieder auf.

Als Toni das Zimmer betrat, fragte ich leise wo Jim wäre. Er sah mich lange mit verschränkten Armen an.

„Jim ist tot und du kannst froh sein, dass du noch am Leben bist!"

Dann machte er kehrt und ging aus dem Zimmer. Mit den Worten „Da bin ich mir nicht so sicher!" schloss ich die Augen und weinte. Ich hatte mir immer eingeredet, dass Jim meine große Liebe war, aber später stellte ich fest, dass es einfach die Hoffnung war, Hoffnung, dass ich endlich hier raus kam, die mich an ihn festhalten ließ.

Danach war ich wie in Trance. Ich hatte keine eigenen Gedanken mehr, ich fühlte nichts. Auch Toni bemerkte, dass es mir immer schlechter ging und suchte irgendwann das Gespräch. Ich saß in seinem Büro und er sah mich lange prüfend an.

„Stella, so geht es nicht weiter. Du bist eins der besten Pferde in meinem Stall, du musst die Kurve bekommen, sonst bucht dich irgendwann keiner mehr!"

Mir war von Anfang an klar, dass es ihm nur um sein Geld ging. Aber ich konnte es nicht abstellen.

„Toni, du willst das ich für dich arbeite und behandelst mich wie scheiße. Schlägst mich, vergewaltigst mich und bringst einen meiner Kunden um. Was meinst du, wenn das die Runde macht? Glaubst du, dass irgendjemand hier noch ein Mädchen bucht? Wenn unsere Kunden Angst haben müssen, dass sie umgebracht werden?"

Die Worte platzten vor Wut aus mir heraus.

Toni stand selbstsicher von seinem Stuhl auf und sah mich an. Mit dem Blick auf mich gerichtet, setzte er sich vor mich auf den Schreibtisch.

„Niemand weiß davon, außer dir! Also, wenn jemand davon Wind bekommt, bist du dafür verantwortlich und wirst die Konsequenz daraus tragen."

Und dann holte er aus und schlug mir ins Gesicht. Schmerzen spürte ich dabei nicht mehr. Auch nach Monaten hatte ich mich immer noch nicht wieder gefangen. Toni schleppte mich zu einer seinem Hinterhofärzten und dort bekam ich Tabletten, die machten mich glücklich und frei. Die Gedanken an Jim wurden immer weniger und blasser und irgendwann hatte ich ein Türchen davor gemacht und zog mein Ding weiter durch.

Ich redete mir immer wieder ein, dass ich ja eh nichts anderes konnte und auch nichts anderes wollte.

Ich stumpfte ab und mir wurde alles egal, bis zu dem Tag, an dem ich aufwachte und mich fragte, was ich hier eigentlich tat....

9

Dann kam der Tag, an dem ich mich hier bei Rosa frei und gut fühlte und stand auf. Langsam schüttete ich mir einen Tee ein und stellte mich auf die Terrasse. Mir war überhaupt nicht bewusst, dass ich nur ein gehäkeltes Kleid trug. Ich ließ meinen Blick über den Garten streifen, als ich Rosa plötzlich im Garten entdeckte. Sie war mit mindestens zehn nackten Menschen auf der Wiese und machte irgendwelche Verrenkungen. Als sie mich sah, winkte sie mich rüber. Ich ging in die Küche zurück und stellte meine Tasse ab.

Jemand hielt mich an der Hand und zog mich zu sich. Es war Jessy. Sie umarmte und küsste mich. Es war schön, aber ich fühlte mich nicht wohl dabei. Gerade weil ja Rosa da draußen war.

„Keine Angst, so begrüßen wir uns hier! Geh doch raus zu Rosa und mach Yoga mit ihr und ihren Schülern."

Das tat ich auch. Ich hatte zwar von Yoga gar keine Ahnung, aber ich wollte mich unbedingt ablenken.

Wir saßen gerade Abends auf der Terrasse und sahen in die Sterne, als Jessi zu Rosa blickte und sagte, dass Sio auf dem Weg hierher war.

Ich verschwand in mein Zimmer. Zu gerne hätte ich ihn in den Arm genommen, aber der Zeitpunkt dafür war noch nicht der richtige. Ich war bereits drei Wochen hier und ich fühlte mich sehr wohl.

Als ich seine Stimme hörte, fing ich an zu weinen. Da merkte ich erstmal, wie sehr ich ihn vermisste, seinen Geruch, seine Stimme und einfach seine Anwesenheit.

Ich setzte mich oben an das Treppengeländer und lauschte. Er erzählte von Trixi, die sich müde und krank ins Büro schleppte, dabei auch alles falsch machte,

Sio sah müde und blass aus.

„Hast du etwas von Stella gehört, Sio?", fragte Rosa.

Er schüttelte traurig den Kopf. Jessy ging langsam die Treppe herunter und sah sich nochmal zu mir um.

„Stella ist gut aufgehoben, Sio. Eure Wege werden sich nochmal kreuzen. Irgendwann und irgendwo. Ihr seid verbunden miteinander. Aber solange Trixi an dir klebt, ist für Stella an deiner Seite keinen Platz!" und sie ging raus.

„Aber Jessy, du mit deinen schlauen Sprüchen... Soll ich Trixi vor die Tür setzen? Und was hat Stella mit Toni zu tun?".

Jessy sah über die Schulter zu ihm und dann zu Rosa.

„Das werden wir noch erfahren. Irgendwann und irgendwo!"

Sio wurde wütend und stand auf. Rosa versuchte ihn zu beruhigen. Aber er war nicht sauer auf Jessy, sondern auf die Situation. Er war machtlos und das schien ihm sehr schwer zu fallen.

Es dauerte einige Wochen, da kam die Nachricht an, dass Trixi gestorben war und die Beerdigung an stand. Jessy und Rosa machten sich auf den Weg. Ich war allein im Haus und hatte das erste Mal die Chance mir darüber klar zu werden, was ich wollte und wie meine Zukunft aussehen würde. Ich konnte mir keine Zukunft mehr ohne Sio vorstellen, aber ich musste ihm die Zeit der Trauer lassen. Es wäre nicht fair gewesen, wenn ich dort einfach aufgetaucht wäre. Trixi war seine Frau und auch wenn sie eine sehr böse Person war, hatte sie mit Sicherheit auch ihre guten Seite. Rosa wollte Sio fragen, was nun mit Fernando passierte. Ich hoffte innerlich so sehr, dass er nicht zu Toni nach Hamburg musste.

Als Rosa und Jessy abends nach Hause kamen, erzählten sie mir, dass Toni und auch seine Freunde da waren und Sio darum gebeten hatten, dass sie Fernando mitnehmen durften. Er würde zur Familie gehören und das Unternehmen irgendwann übernehmen können. Sio wehrte sich dagegen, denn er hatte ihn nach der Hochzeit adoptiert und Toni konnte nichts machen. Sio wusste natürlich nichts von Tonis Machenschaften und trotzdem war ich froh, dass Fernando bei ihm bleiben durfte.

Eines Morgens stand ich auf und spürte, dass es Zeit wurde zu gehen.

Jessy und Rosa standen unten bereits wartend und freuten sich, dass ich endlich den Mut gefunden hatte, mich der

Sache zu stellen. Rosa fuhr mich im Auto zur Werkstatt und war sehr aufgeregt. Ich hoffte, dass er mich nicht wegschicken würde. Als wir auf den Hof fuhren, wirkte alles so vertraut und schön.

Es dauerte nicht lange, da kam Sio aus der Werkstatt heraus. Wie immer strich er seine Hände mit dem Öl an einem alten Handtuch ab und kam mit den Worten „Rosa, hast du etwas am Auto?" auf uns zu. Rosa nickte mir zu und ich stieg aus dem Auto. Sio blieb ungläubig stehen und ich ging weinend auf ihn zu. Er schlug sich seine Hände vor sein Gesicht und sank zu Boden. Ich lief auf ihn zu und ließ mich auch auf den Boden sinken. Wir nahmen uns in den Arm und weinten zusammen. Immer wieder vergrub er sein Gesicht in meinen Haaren. Sein Brustkorb zuckte. Ich spürte seine Tränen an meinem Hals. Er nahm mein Gesicht in die Hände und sah mich an.

„Stella, wo warst du? Ich habe mir solche Sorgen um dich gemacht. Ich habe eine Vermisstenanzeige aufgegeben, aber die wurde eingestellt."

Ich wischte vorsichtig und mit zittrigen Händen seine Tränen aus dem Gesicht.

„Es ist eine lange Geschichte. Lass uns rein gehen!"

Rosa, Sio und ich saßen in seinem Büro. Stockend erzählte ich den beiden von meiner Vergangenheit vom Escort Service und von Toni und auch von Trixi und der Messerattacke an dem Haus von Jimmy. Und zuletzt von dem Koffer voller Geld. Sio lief fassungslos mit der Hand vor dem Mund durch das Büro. Es dauerte fast eine Stunde bis ich fertig war. Niemand sagte etwas. Ich sah betroffen zu Boden. Seltsamerweise fühlte es sich gut an, dass ich endlich alles losgeworden war. Auch wenn es eine unglaubliche Geschichte war. Aber Sio und Rosa waren die Einzigen, denen ich vertraute.

Sio kniete sich vor mich hin und sah mich an.

„Wir können nicht hier bleiben, wenn Toni uns mal wegen Fernando besucht und dich sieht, dann wird er dich töten, oder?"

Ich nickte. Sio legte den Kopf auf meine Knie.

„Wir brauchen einen Plan, Rosa!"

Rosa wechselte den Blick zwischen mir und Sio.

„Ich hätte da etwas, aber das würde euch vielleicht nicht gefallen. Ich kenne eine Gruppe auf Bali, die leben dort unter Palmen und lassen sich einfach den ganzen Tag Sonne auf den Bauch scheinen. Es ist eine kleine spirituelle Gemeinde. Da könnten wir unter kommen, bis Ruhe eingekehrt ist und dann weiter sehen."

Sio atmete laut aus.

„Und wenn wir Toni anzeigen?"

Ich lachte reflexartig und schüttelte den Kopf.

„Ja, dann die Hippie Gemeinde auf Bali!", sagte Sio lachend.

Ich war mein Leben lang weggelaufen. Erst von Zuhause, weil mir die neue Frau meines Vaters nach seinem Tod das Leben zur Hölle machte, dann von Toni und aus Angst auch vor Sio. Ich wollte nicht mehr weglaufen und bei jedem Geräusch Panik bekommen.Ich wollte irgendwo zu Zause sein. Einen Ort haben, wo ich mich wohl fühlte, wo ich irgendwann Kinder großziehen würde. Einen Ort voller Hoffnung und Glück und nicht voller Lügen und Angst.

Plötzlich betrat Jessy das Büro.

„Eure Pläne sind alles andere als gut. Ihr drei werdet in unser Haus ziehen und dort leben. Wir werden uns wegen Fernando etwas zurück ziehen, solange bis wir einen anderen Plan haben. Toni würde nie auf den Gedanken kommen und uns besuchen."

Ich sah in die Runde und alle nickten. Wir standen auf. Rosa und Jessy verließen das Büro und Sio schloss die Tür. Langsam kam er auf mich zu und nahm meinen Kopf in seine Hände.

„Wir haben noch etwas nachzuholen!"

Und dann küsste er mich. Es war der Kuss, auf den ich mein Leben lang gewartet hatte. Es war der schönste und emotionalste Momente in meinem Leben. Ich war ihm so nah, so nah wollte ich ihm immer sein. Dieser Moment war perfekt und so voller Glück. Eine Träne rann an meiner Wange herunter. Sio sah mich an und küsste meine Stirn und zog mich fest an sich.

„Für immer und ewig?", fragte er.

„Für immer und ewig!", antwortete ich.

Hand in Hand und mit dem Koffer voller Geld machten wir uns auf den Weg zu Rosa und Jessy.

Fernando verstand erstmal nicht, warum wir auszogen. Aber Jessy kaufte ihm einen kleinen Hund. So oft wie er wollte, gingen wir zum Grab seiner Mama. Eine Frau, die ich nie ersetzen konnte, aber das wollte ich auch nicht. Wir wurden die besten Freunde und das reichte uns.

10

Einige Monate später kam ein Polizist zu uns ans Haus und bat mich um ein Gespräch.

Komischerweise wusste ich sofort, worum es ging.

„Darf ich mich vorstellen? Ich bin Polizeioberwachtmeister Kemmerei. Wir haben eine Anzeige vorliegen. Von einem Jim Astor. Er hat nach Jahren eine Anzeige wegen schwerer Körperverletzung an Antonio Chiogliotte gemacht. Wir sind den Vorwürfen nachgegangen und haben dort einen Menschenhandel aufgedeckt. Auch ihre Akte lag dort versteckt. Wir haben ihn und seine Männer wegen Tötung, schwerer Körperverletzung und Menschenhandel verhaftet. Viele Mädchen haben ausgesagt. Herr Astor hat uns geschildert, dass auch sie bei dem Überfall verletzt worden sind. Wir brauchen ihre Aussage und bieten ihnen einen Zeugenschutzprogramm an."

Ich senkte den Kopf und grinste.

„Wie ist Herr Astor denn plötzlich auf die Idee gekommen Herrn Chiogliotte anzuzeigen?"

Der Polizeioberwachtmeister sah mich musternd an.

„Er hat eine Frau im Zug getroffen, die wie seine tot geglaubte Freundin aussah. Aber sie bestritt es!"

Sio und ich wussten, welche Gefahren auf uns zu kamen, aber trotzdem machte ich mich auf den Weg nach Hamburg und damit meine Aussage.

Durch die Anzeigen und die Papiere, die sie in seinem Haus fanden, mussten Toni und seine Männer lange ins Gefängnis.

Zum Glück musste ich nicht in seiner Nähe eine Aussage machen und meine Daten wurden aufgrund des Schutzes zurückgehalten.

Aber ich traf auf Jimmy und das war ein merkwürdig vertrautes Aufeinandertreffen.

Jimmy nahm mich in den Arm und Sio ließ ihn gewähren.

„Louisa... Stella... mir tut das alles so leid. Wenn ich gewusste hätte, dass du noch lebst...", er brach in Tränen aus.

„Jimmy, wir wären beide unser Leben lang in Gefahr gewesen und so warst wenigstens du in Sicherheit!", aber dieser Satz fiel mir nicht leicht.

Mein Blick ging zu Sio. Ich nahm seine Hand und wir verließen das Gerichtsgebäude.

Es fühlte sich neu an. Ich war frei und auch wenn die Angst weiterhin mein Begleiter war, war ich glücklich.

Mein Leben hatte mit Sio endlich eine Sinn bekommen und auch wenn nicht alles perfekt war, arbeiteten wir daran, es für uns perfekt zu machen. Unser Leben so zu gestalten, wie wir es für richtig empfanden.

Ende

Ein letztes Wort

Die letzten Zeilen dieses Buches gehen an euch.

Ihr, die meine Bücher lesen, mich unterstützen und mich dahin gebracht haben, wo ich heute stehe.
Meinen beiden Schwestern danke ich für alles.
Ihr steht mir immer mit Rat und Tat zur Seite.
Danke an meine Freundin Nina-Li, dass sie sich für unser Cover zur Verfügung gestellt hat.
Und auch dir, Thorsten gilt ein riesigen Dankeschön, für dieses Cover. Es ist wunderschön geworden.

Liebe Grüße
Ramona Lopez